DREAMBOOKS

수라전설 독룡

시니어 신무협 장편소설

ORIENTAL FANTASY STORY & ADVENTURE

dream
books
드림북스

수라전설 독룡 23 수라의 전설

초판 1쇄 인쇄 2020년 7월 8일
초판 1쇄 발행 2020년 7월 22일

지은이 시니어
발행인 오영배
편집 편집부
일러스트 eunae
본문 디자인 오정인
제작 조하늬

펴낸곳 (주)삼양출판사 · 드림북스
주소 서울시 강북구 도봉로 173
대표 전화 02-980-2112 **팩스** 02-983-0660
편집부 전화 02-987-9393 **팩스** 02-980-2115
블로그 blog.naver.com/dreambookss
출판등록 1999년 3월 11일 제9-00046호

ISBN 979-11-283-9884-1 (04810) / 979-11-283-9448-5 (세트)

드림북스는 (주)삼양출판사의 판타지 · 무협 문학 브랜드입니다.

수라전설
독룡
23
수라의 전설
시니어 신무협 장편소설
ORIENTAL FANTASY STORY & ADVENTURE
dream
books
드림북스

목 차

第一章

일만의 영웅호걸

　무림총연맹의 재설립식.

　나타난다는 소문이 무성했던 독룡은 당일까지도 아무런 소식이 없었다.

　뿌우우우!

　긴 뿔피리 소리를 시작으로 사방에서 북이 울렸다.

　드디어 설립식의 시작이었다.

　굳게 닫혀 있던 모든 정문이 활짝 열렸다.

　무림총연맹에 와 있던 모든 이들이 드디어 한숨을 돌릴 수 있게 되었다.

　물론 당일이라고 해서 독룡이 나타나지 않는다는 보장은

없었지만, 적어도 독룡과 싸우기 위해 온 이들이 완전히 한 자리에 모여 있는 상황인 것이다. 이제부턴 공식적으로 금강천검 백리중이 무림맹주로서 나서 줄 터였다. 독룡이 오더라도 체계적으로 싸울 수 있는 준비가 된 셈이었다.

설립식장으로 가는 길의 양옆에 백리가의 문사들이 나와 자리에 무릎을 꿇고 크게 외치고 있었다.

"무림총연맹에 오신 것을 환영합니다!"

"여러분이야말로 진정한 협객입니다!"

"대협객들이시여! 부디 강호를 구원해 주소서!"

"영웅호걸들의 드높은 기상이 강호를 떨치고 있습니다!"

더불어 아리따운 옷을 입은 시비들이 기다리고 있다가 입장하는 모든 이들에게 영웅건을 매 주었다.

"영웅분들을 위해 특별히 맹주님께서 준비하신 영웅건이옵니다."

"대협분들께 영웅건이 아주 잘 어울리시옵니다."

"식이 끝나면 연회가 준비되어 있으니 뭇 영웅들께서는 부디 흥겹게 즐겨 주시길 바랍니다."

중간중간 문사들이 외쳤다.

"독룡을 잡고 나면 천하는 여기 영웅호걸분들의 것입니다!"

"무림총연맹 만세! 금강천검 만세!"

정신없이 외치는 목소리 중에는 은근히 무인들을 선동하는 말들이 숨어 있었다.

"불의에 눈감고 독룡에게 겁먹은 명문세가들은 필요 없습니다!"

"가짜 명문세가들의 모든 걸 빼앗아야 합니다."

"그렇습니다! 그들의 여식도 여기 오신 호걸들에게 바쳐질 겁니다!"

무인들 중에는 한탕 크게 잡아 보자며 찾아온 어중이떠중이들도 섞여 있었다. 심지어 전날까지도 늦게까지 술을 마셔 술이 덜 깼다.

본래부터 그런 목적으로 찾아온 그들은 문사들의 말에 혹했다.

이어 지나는 길에 좌우로 수백 명의 무사들이 도열해 있었다.

"강호의 정의를 지키기 위한 일념으로 이 자리에 오신 호걸들께 경의를 표하라는 맹주님의 명입니다! 전원 경례!"

무사들이 포검하여 손을 높이 치켜들었다. 그 뒤로는 창을 든 무사들이 있어서 창 밑으로 바닥을 쿵쿵 치곤 위로 들어 올렸다. 중간마다 커다란 깃발을 든 기수가 힘차게 기를 펄럭였다.

누구라도 크게 흥이 돋을 수밖에 없도록 만들고 있었다.

예전의 강호에서는 제대로 대접도 받지 못하던 이들이 구대문파니 팔대무림세가니 하는 말을 들으니 감흥이 벅차올랐다. 화산파와 종남파 등의 문파가 더 빠지면서 알지도 못하는 문파들이 그 자리를 차지했다.

그러나 상관없었다. 무인들은 대영웅으로 대접받으면서 마치 자신들이 정말 대협객이 된 것처럼 으쓱 어깨가 올라갔다.

"역시 맹주께선 사람 대하는 법을 아셔."

"그럼. 다들 쥐새끼같이 겁먹고 뛸 때, 우리처럼 목숨을 아끼지 않고 강호의 정기를 지키려 찾아온 협객이 진짜 영웅호걸이지."

무인들이 쑥덕거렸다.

"아까 보니 맹주께서 독룡을 잡고 나면 참가하지 않은 명문가의 여식들을 잡아 와 우리와 혼인도 시켜 준다고 떠들던데 사실일까?"

"아암, 당연하지. 우리 같은 영웅호걸들은 그럴 자격이 있지."

"말로만 명문가입네 해 놓고 정작 꽁무니 뺀 놈들은 새로운 세상에서 강호를 누릴 자격이 없어."

"독룡 같은 놈에게 속아서 감히 맹주님 같은 협사를 등지다니. 퉤, 쓰레기 같은 놈들."

몇몇 무인들은 문사들이 만세를 외칠 때 함께 외쳤다.

"무림총연맹 만세! 금강천검 만세!"

물론 백리중을 찬양하고 반대파를 욕하는 이들의 일부는 백리가의 사주를 받은 이들이었다.

구대문파와 팔대무림세가에서 온 이들은 일반 무인들과 들어가는 입구 자체가 달랐으나 귀가 없는 건 아니었다. 뻔히 옆에 있는지라 듣고 싶지 않아도 모든 소리가 다 들렸다.

때문에 거대 문파 제자들은 얼굴이 편치 않았다. 특히나 아미파의 여승들 얼굴은 더욱 심하게 붉으락푸르락했다.

"금강천검이 너무 드러내고 수작을 부리는군요. 저런 협잡질을 하는 자와 손을 잡아야 하다니."

낭령은 아미파의 문주 자격으로 설립식에 참가했으나 혀를 잘린 탓에 말을 하지 못하였다. 다른 여승이 방금 말한 여승을 나무랐다.

"사매, 말조심해. 이미 우리는 무림총연맹과 한배를 탄 사이야. 금강천검의 도움이 없으면 우리는 죽어. 기댈 데라곤 오직 여기뿐이야."

다른 여승이 말했다.

"금강천검이 이렇게까지 한다는 건, 독룡을 잡을 수 있다는 자신감의 발로다. 독룡을 잡고 나면 여기 있는 자들이 본인의 손발이 되어 움직일 거라는 걸 잘 알고 있는 것이지."

"그렇대도 너무하지 않습니까. 맹에 가입하지 않겠다고 해서 그들의 재산을 빼앗고 사람들을 노예로 부리겠다는 건……."

"그래도 우리는 사정이 나아."

나이 든 여승이 옆을 눈짓했다. 조금 더 떨어진 곳에 서 있는 풍사가 보였다. 풍사는 진자강과 싸웠다는 걸 자랑이라도 하려는 것처럼 녹은 살을 부러 드러내고 있었다.

그의 곁에는 화산파의 정식 문하 제자들이 아닌 속가 제자들이 함께하고 있었다. 화산파의 대표자로서 혼자 있을 수만은 없으니 급하게 속가들을 불러모은 것이다.

그러나 화산파의 본산은 진자강에게 당해 유명무실해진 탓에 풍사가 데리고 있는 세력은 전혀 존재감이 느껴지지 않았다. 거의 풍사 일인 문파나 다름이 없었다.

그나마 나은 것은 경사(京師)의 천진에서 온 공동파 정도였다. 진자강이 지나온 길목에 없었기에 대부분의 전력이 보전되어 있었다. 아마 오늘 참가한 거대 문파들 중 문주가 멀쩡히 살아 있는 건 공동파가 거의 유일무이할 터였다.

그 옆에는 남궁가도 있었는데 남궁가 역시 별반 다르지 않은 처지였다. 검왕 남궁락이 살아 있는 상태에서 가주를 배신하고 소림사에 굴복하였기 때문에 무림총연맹에 붙을 수밖에 없는 입장이었다.

특이한 것은 남해검문이 구대문파에 한자리를 차지하고 있다는 점이었다. 검후 임이언의 모습도 보였다.

검후 임이언은 거의 부상이 나아 현 무림총연맹에서 금강천검을 제외하고는 가장 강한 고수였다. 때문에 남해검문의 위세도 보통이 아니었다.

"검후의 제자가 독룡과 한동안 어울렸다는데……."

"묘한 일이로군."

다른 문파의 무인들이 검후 임이언을 힐끗 곁눈질했다. 임이언은 신경 쓰지 않으려 했지만 그녀의 얼굴은 매우 딱딱하게 굳어 있었다.

천인문이나 위지가의 사람들 중에도 빙봉 손비를 눈여겨 둔 이들이 많아 남해검문과 친분을 쌓으려 했지만, 임이언은 냉담하게 인사만 하고 돌아설 뿐이었다.

"여기가 시장 한복판인가."

임이언이 사방에서 백리중을 칭송하고 반대파는 욕하며 소리를 쳐 대는 백리가의 문사들을 노려보았다. 몇몇 문사들이 이유 모를 한기에 몸을 떨었다가 계속해서 사람들을 부추기며 떠들어 댔다.

"안으로 드시지요."

곧 아리따운 시비들이 구대문파와 팔대세가의 이들을 안으로 안내했다. 그들이 들어가는 문은 일반 무인들이 지나는 곳보다 훨씬 화려하고 컸다.

다른 무인들이 언젠가는 자신들도 그 문을 통과해 맹 안으로 들어갈 수 있을 거라는 희망과 부러움이 담긴 눈으로 그들을 바라보았다.

*　　　*　　　*

그간 무림총연맹의 안팎에서 공사를 맡은 인부들은 안도했다. 더는 무림총연맹에 머물지 않아도 되는 것이다.

"후우우. 난 꼼짝없이 죽는 줄 알았네."

"독룡이란 놈도 강호의 무인들이 다 모여 있는 데에까지 쳐들어올 수는 없었나 보구먼."

"아무튼 잘됐지. 어서 돈이나 받아 돌아가세."

"돈을 줘야 가지. 도대체 언제 가도 된다고 해 줄 건지 원. 어이, 공두! 빨리 가서 돈 받아와."

인부들이 어서 돈을 받고 떠나자며 책임자인 공두들에게 성화를 부렸다.

"아, 우리라고 막 가서 돈 달라 그러나? 연락이 와야 가지."

공두들이 투덜거렸다. 상계의 인물들도 한쪽에서 다음 연락을 초조하게 기다리고 있었다. 그들 역시 빨리 떠나고 싶은 마음이 한가득일 터였다. 돈만 받으면 떠나는 인부들과 달리 그들은 무림총연맹에 계속 남아 상단과 연락을 취하며 필요한 모든 회계 업무를 처리해야 했다.

곧 문사가 하인들을 데리고 안쪽에서 나왔다. 공두들이 우르르 몰려갔다.

문사는 시간을 끌지 않고 바로 그 자리에서 임금을 지불했다.

언제나 돈을 줄까 고민하던 인부들의 표정이 환해졌다. 그러나 문사는 바로 떠나지 않고 기다렸다.

공두들이 인부들에게 돌아와 돈을 나눠 주며 설명했다.

"잔칫날이라 음식과 현물도 준비가 되었으니 와서 좀 들고 가라는군."

"아니 뭘 그런 걸 또 챙겨 준대. 집에나 얼른 보내 주지."

"엄청나게 준비하더니 사람이 너무 안 와서 준비한 게 많이 남았나 봐. 각 조에서 몇 명씩 따라와. 많이 들고 가야 하는 모양이니까."

장씨도 자신이 데려온 인부들의 삯을 내어 주곤 몇 명을 골랐다.

　그중에는 진자강도 포함되어 있었다. 장씨가 진자강과 눈을 마주치자 진자강이 고개를 끄덕였다. 장씨는 이제 진자강과 헤어질 시간이라는 걸 직감했다. 이렇게 어수선한 때라면 맹에 잠입했다가 중간에 한 명 사라진다고 해도 아무도 알지 못할 터였다.

＊　　　＊　　　＊

　진자강이 나타나지 않음으로써 설립식은 무사히 시작되었다.

　그러나 백리중은 매우 속이 비틀렸다.

　일만오천도 채 되지 않았다. 이만 명조차 채우지 못했다.

　오늘 설립식에 모인 무인들의 숫자다.

　수만 명을 예상했는데 그 절반에도 이르지 못하였다.

　백리중은 주먹으로 탁자를 쳤다.

　꽝! 탁자는 거의 망치로 수백 번은 때린 것처럼 산산조각이 나서 폭삭 무너져 내렸다.

　뿌드드득.

　백리중이 이를 갈았다. 집무실에서 창밖을 바라보며 서

있는 그의 전신에서 저릿한 살기가 뿜어져 나왔다.

"건방진 놈들. 감히 나를 우습게 알아? 나를 무시하고 오늘 오지 않은 것들, 반드시 후회하게 만들어 주마."

한동안 성질을 가라앉히지 못하던 백리중이 크게 숨을 내쉬고 돌아섰다.

언제 무슨 일이 있었냐는 듯, 백리중의 얼굴은 진지한 협객의 표정이 되어 있었다.

"가자."

백리중의 말에 새로 총군사가 된 염소수염의 문사가 덜덜 떨면서 고개를 들었다.

백리중은 스스로 문을 활짝 열고 나갔다.

모든 무인들이 몰려 있는 거대한 대연무장이 눈에 들어왔다. 그를 발견한 무인들이 환호했다.

와아아아—!

백리중은 단상의 좌우측으로 서 있는 구대문파의 장문인들과 팔대무림세가의 가주들에게 일일이 포권을 하며 단상의 가운데에 올라섰다.

둥! 둥 둥!

북소리와 환호가 어지러이 울렸다.

백리중이 손을 들었다.

모두가 입을 다물고 백리중에게 주목했다.

백리중이 외쳤다.

"형제들이여!"

＊　　　＊　　　＊

와아아아!

일만 명이 넘는 이들이 지르는 환호성은 무림총연맹 전체를 울렸다. 대부분이 무인들이라 함성의 기세가 어마어마했다. 커다란 진동의 파도가 전각들의 사이를 해일처럼 휩쓸었다.

무인들의 눈에 띄지 않도록 일꾼들이 오가는 후미진 길. 문사의 뒤를 따라 걷던 공두와 인부들이 저도 모르게 움찔했다. 그러나 표정은 아까보다 한결 가벼웠다.

"대단하구만."

"수천 명씩 막 죽인다고 그래도 사람이 많으면 무섭긴 무서운가 봐."

"듣자 하니 만 명이 넘는다던데 이만한 숫자라면 독룡도 오늘은 나타나지 않겠지."

인부들의 얘기를 듣던 장씨는 실없이 웃었다.

이 친구들아. 그 독룡이 방금까지 너희들과 함께 있었다고.

그리고 방금 그 독룡은 아무도 모르게 옆으로 사라졌다.

"자, 빨리빨리 가세. 있어 봐야 눈치만 보이니 얼른 받아가야지."

장씨가 인부들의 걸음을 재촉했다.

이제 머잖아…… 무림총연맹은 지옥이 될 터였다.

*　　　*　　　*

진자강은 대연무장으로 향했다. 길이 복잡하거나 어렵지는 않았다. 사위를 진동하는 함성 소리가 방향을 정확히 알려 주고 있었다. 게다가 아직 정리하는 인원들이 남아 있어서 알아보기가 쉬웠다.

앞에서 무인들을 맞이했던 시비와 문사들이 뒷정리를 하고 있었다.

배포하고 남은 물건들을 치우고 바닥을 쓸었다. 그러곤 자신들이 있던 자리에 꽃이 핀 화분을 놓았다.

새빨간 색, 주황색, 연분홍색, 황금색…… 수천 그루가 넘는 색색의 월계화가 순식간에 무림총연맹 안을 환하게 물들였다. 한 그루의 나무에서 달마다 꽃이 피고 계절마다 꽃이 피어 월계화(月季花)라 하였다. 가시가 있어도 쉼 없이 꽃을 피워 내 사람들이 가장 좋아하는 꽃나무 중의 하나였다.

월계화 화분을 나르며 정신없이 일을 하던 이들이 홀연히 걸어오고 있는 진자강을 쳐다보았다.

진자강이 행동이 너무 느긋하고 태연하여 책임자인 문사가 화를 냈다.

"저저, 저놈 보게? 이놈아, 식이 끝나기 전까지 여길 정리하고 연회장으로 가야 한단 말이다. 농땡이 그만 부리고 빨리 일하지 못……?"

진자강의 복장만 보고 일꾼인 줄 알았던 문사의 표정이 의아해졌다.

절룩.

절룩…….

……절룩…….

문사는 미처 말을 끝맺지 못하고 시선을 내려 진자강의 절룩이는 걸음을 보았다. 절름발이가 어떻게 여기까지 들어왔는지 이해할 수가 없었다.

진자강의 뒤쪽, 줄줄이 열린 문에 서 있는 무사들도 어리둥절해하고 있었다.

분명 방금 지나간 이가 맞는데, 그가 발을 절고 있었던가?

요즘처럼 세월이 하 수상한 때에 발을 절고 있었으면 모를 수가 없지 않은가!

의심스러웠다.

이상해진 분위기에 시비와 문사들을 비롯한 무사까지 수백 명이 진자강을 주시했다.

진자강이 제자리에 섰다.

그러더니 작업복을 입은 채로 찢어 버렸다.

드러난 맨 상체에는 가죽띠를 매고 있었는데 암기가 빽빽하게 꽂혀 있었다. 지켜보던 이들 모두가 저도 모르게 입을 벌리며 몸을 떨었다.

진자강은 손에 보따리를 들고 있었는데, 보따리를 풀고 그 안에서 새 의복을 꺼냈다. 짙푸른 군청색의 단아한 무복을 위에 걸쳤다.

방금까지 평범한 일꾼처럼 보였던 진자강이 어느새 **독룡(毒龍)**이 되어 있었다.

독룡이다. 정말로 독룡이었다.

풍기는 느낌이 좀 전과는 전혀 달랐다.

모두가 극한의 공포에 휩싸였다.

와아아아! 협의불원 사마멸진!

강호평평 태도관청!

멀리 떨어지지 않은 대연무장에서 무인들이 지르는 함성 소리가 수시로 들려오고 있었다. 바로 그곳에 일만 명이 넘게 모여 있다지만, 지금 이곳에 있는 이들에게는 아무런 도움도 되지 않았다. 그들이 달려오는 것보다 진자강이 손을 쓰는 것이 더욱 빠를 게 자명하다.

"사, 사, 사, 살……."

누군가 살려 달라는 말을 하려는 중에 진자강이 손을 들어 뒤를 가리켰다.

진자강은 아무 말도 하지 않았지만, 모든 이들이 진자강의 의지를 알아들을 수 있었다.

우리는 살았다! 독룡은 자신들을 죽이러 온 것이 아니다!

그러나 동시에 소리를 내면 죽는다는 것도 알 수 있었다. 어차피 너무 공포에 질려 목에서 소리가 나오지도 않았다.

수백 명이 넘는 이들이 넘어질 것 같은 걸음으로, 아니 몇몇은 다리에 힘이 풀려 반쯤 기다시피 하면서까지 달아났다. 놀랍게도 그 많은 사람들이 움직이는데 거의 소리가 나지 않았다. 나는 소리라야 겨우 옷자락이 바닥에 스치는 소리, 걷다가 돌멩이를 밟아 달그락거리는 소리 정도뿐이다.

순식간에 그들이 있던 장소는 텅 비었다.

진자강은 앞으로 걷다가 즐비하게 늘어선 화분들 중에 무언가를 보고 잠시 멈추었다. 꽃나무를 옮기다가 착오가 있던 것인지, 수가 모자라 억지로 끼워 넣은 것인지 수많은 월계화의 화분들 사이에 철쭉이 심어진 화분이 끼어 있었다.

월계화와 달리 철쭉은 독이 있어 중원에서는 별로 좋아하지 않는 꽃나무인데 말이다.

마치 무림총연맹에 독을 품은 진자강이 와 있는 것과 흡사하지 않은가.

진자강은 철쭉의 가지를 꺾어 꽃을 씹으며 훤히 열린 앞길을 통해 걸어갔다.

높은 담장이 저 앞을 가로막고 있었다.

담장 너머에서 백리중의 내공이 담긴 웅후한 목소리가 들려왔다.

"이 청색기는 경미한 독이 살포되어 이급 이상의 무인이 출입 가능한 지역임을 나타내는 것이며……!"

설명을 듣고 있던 진자강은 담장 아래에서 옆을 돌아보았다.

정리하다 만 영웅건이 사방에 흩어져 있고 그 옆쪽으로는 일찌감치 나눠 주었던 자그마한 삼색기도 쌓여 있었다.

진자강이 손을 들어 손가락을 까딱였다. 삼색기가 진자

강의 손으로 날아왔다.

"적색기의 의미는 제독불가! 이 적색기가 보이면 특급 무인이라 할지라도 백 장 이내로는 접근하지 말아야……!"

삼색기를 손에서 만져 보던 진자강은 청색과 녹색기를 버렸다. 적색기만을 들곤 담장 위로 뛰어올랐다.

은밀하고 조용했다. 아무런 소리도 나지 않았다. 진자강은 담장 위에서 안쪽 대연무장을 한눈에 내려다볼 수 있었다.

수많은 무인들이 모여 있었다.

모두가 영웅호걸인 것처럼 영웅건을 두르고 서 있었으나, 한눈에 보기에도 일부를 제외하고는 오합지졸이었다.

진자강에게는 전혀 위협이 되지 못한다.

그럼에도 불구하고 진자강을 죽이겠다며 발족된 무림총 연맹을 찾아온 이들이다. 정말로 진자강을 죽이려는 명분에 의기가 충천하여 찾아온 것도 아니고, 권력에 빌붙어 한몫 이득을 챙길 셈인 것이다. 만일 진자강이 오늘 이 자리에서 죽어 저들을 막지 못한다면, 저들은 분명 아비단(兩比團)처럼 강호의 동서(東西)와 남북(南北)을 짓밟고 유린하며 아비규환(阿鼻叫喚)으로 만들 것이다.

분노가 차오르고 살심이 가득해졌다.

이 자리에 모인 자들은 단 한 명도 살려 보낼 필요가 없음을 다시 한번 확신하고 있었다. 그리고, 반드시 그래야만 한다. 강호에 정의가 살아 있음을, 해월진인으로부터 전해진 대의를 진자강은 증명해야 한다.

진자강은 손끝에 적색기를 들었다.

적색기를 보면 백 장 이내로 접근하지 마라.

지금의 상황을 이 적색기만큼 정확하게 표현한 것이 있을까?

진자강은 내공을 끌어 올렸다.

진자강이 뿜어낸 내공의 기운에 백리중의 내공이 일순 공명했다. 마침내 백리중도 알아챘을 것이다. 진자강이 여기에 와 있음을.

진자강은 섬절을 이용해 힘껏 적색기를 날렸다.

백리중의 발 앞으로.

빛줄기처럼 적색기가 백리중의 발 앞에 꽂혔다.

당혹감을 감추며 백리중이 소리쳤다.

"웬 놈이냐!"

*　　*　　*

진자강은 담장에 서서 대연무장의 무인들을 오시하였다.

방금까지 달아올랐던 대연무장은 완전히 분위기가 가라앉아 있었다.

진자강은 철쭉의 꽃과 연한 줄기를 입에 물고 씹었다.

그러곤 조용히 말했다.

"어차피 나 죽이려고 모인 거니까, 한 분도 살아 돌아갈 생각하지 맙시다."

작은 목소리였으나 듣지 못한 이가 없었다.

소름이 끼쳤다.

저마다 무기를 꼬나쥐고 있지만 두 눈에는 공포심이 가득하다. 아니, 몇몇은 아직도 지금 나타난 진자강이 독룡인지 의심하는 분위기인 것처럼도 보였다.

진자강이 아무런 제지 없이 여기까지 왔다는 사실을 믿을 수 없었다. 어차피 싸우는 건 자신들이 아니라 백리중이다. 뱃심이 강한 털북숭이 무인 한 명이 소리쳤다.

"웃기지 마라! 네놈이 독룡인지 가짜인지 어떻게 알……!"

진자강이 담에서 뛰어내렸다.

그러곤 앞으로 걸음을 옮겼다.

일만 쌍이 넘는 눈들이 모두 진자강의 다리로 쏠렸다.

절룩.

절룩…….

절룩이는 걸음…….

그것을 본 모든 이들이 순간 경악했다.

순식간에 진자강의 앞에 있던 무인들이 좌우로 갈라졌다.

좌아아아…….

입추의 여지가 없을 정도로 **빽빽**하던 대연무장에 진자강 단 한 명만을 위한 대로(大路)가 생겨났다.

진자강은 백리중과 구대문파, 팔대무림세가의 가주들이 있는 단상을 향했다.

풍사가 일그러진 얼굴로 이를 갈며 말을 내뱉었다.

"거짓말! 말도 안 된다. 절름발이잖아, 절름발이! 그런 걸음으로 어떻게 여기까지 누구의 눈에도 띄지 않고……!"

……절룩…… 절룩.

절룩대던 탓에 좌우가 균일하지 못하게 흔들리던 진자강의 어깨높이가 조금씩 같아졌다.

그러더니 어느 순간 어깨가 흔들리지 않았다.

걸음도.

진자강은 순식간에 멀쩡한 걸음으로 걷기 시작했다.

뚜벅 뚜벅.

누가 봐도 전혀 절름발이가 아니었다.

무인들은, 전율했다. 머리끝에서 뇌전의 조각이 춤추고 뛰는 것처럼 정수리가 찌릿거렸다. 머리카락이 치솟고 온

몸의 털이 곤두섰다.

전 무림이 속았다.

아니, 속은 게 당연하다. 저렇게 완벽한 연기를 했는데 어떻게 속지 않을 수 있겠는가!

겁에 질린 무인들이 계속해서 뒷걸음질을 쳤다.

무인들 틈에 섞여 있던 백리중의 하수인들이 소리쳤다.

"모두 겁먹지 마시오!"

"맹주님을 믿고 싸웁시다!"

"제아무리 독룡이라도 이 많은 수를 상대할 순 없소!"

턱!

진자강이 걸음을 멈췄다. 그러곤 방금 소리를 낸 자들을 정확하게 쳐다보았다.

퍽……

하수인들의 눈 안 실핏줄이 터졌다. 눈이 혈안으로 물들면서 코피가 흘렀다. 입에서는 피거품이 흘러나오는데 고름이 섞였다.

하수인들은 자신의 손을 내려다보았다. 손등에, 손목에 적멸화가 피고 있었다.

적멸화는 진자강의 수라혈에 중독되었음을 명백하게 확인시키는 죽음의 꽃이다. 일단 적멸화가 피어나면 대라신선이라 하더라도 살 수 없다.

하수인들은 자신들이 이렇게 죽는 건가 싶어 어이가 없는 얼굴로 진자강을, 백리중을 쳐다보았다. 자신들이 왜, 어떻게 죽는지도 모르고 죽는 것이 당황스럽기 짝이 없었다.

"으아아앗!"

비명은 오히려 그들의 주변에서 나왔다. 피고름이 되어 녹아내리는 하수인들을 피해 물러나고 있었던 것이다.

진자강은 슬쩍 고개를 돌렸다. 아까 진자강에게 소리친 털북숭이 무인이 진자강과 눈이 마주쳤다. 그가 사람들을 마구 헤치고 달아나려 하였다.

"비켜! 비켜!"

순간.

푸아아아!

털북숭이 무인은 코와 입에서 피를 토하며 나뒹굴었다.

"으아아아악!"

털북숭이 무인이 뿜어낸 피를 맞은 이들은 너무 놀라서 비명을 지르며 피를 닦아 냈다.

단지 쳐다본 것만으로도 사람이 죽는단 말인가?

도무지 믿을 수가 없었다.

무인들은 해답을 요구하는 눈빛으로 진자강을 쳐다보았다.

진자강이 살기 어린 눈빛으로 차갑게 말을 내뱉었다.

"적색기가 무슨 뜻인지 잊었습니까?"

무인들은 잊고 있던 사실을 떠올렸다. 적색기는 자신들의 손에도 들려 있었다.

적색기. 제독불가한 독이 퍼져 있으니 백 장 이내로 접근하지 말 것.

무인들이 의심을 가진 건 당연한 일이었다.

이제야 나타난 진자강이 마치 모든 걸 알고 있다는 것처럼 적색기를 언급한 것도, 이곳에 미리 독을 풀었다는 것도.

도무지 믿을 수가 없는 얘기들 아닌가!

그러나 믿든 안 믿든 달라지는 건 없었다.

"쿨럭쿨럭!"

"카악!"

죽은 이들의 곁에 있던 이들이 기침을 하고, 피가 섞인 가래를 뱉어 냈다.

진자강의 말이 어디서부터 어디까지 사실이든 독은 진짜다.

놀란 무인들이 우왕좌왕 독기를 피해 죽은 이들의 곁에

서 흩어졌다. 독기에 중독되어 기침을 하는 이들도 같이 외면받았다. 이상한 기미만 보였다 하면 다들 피해 다니느라 정신이 없었다.

하지만 그것은 무의미한 발버둥이었다.

진자강은 자리에서 멈춰 선 채로 살기를 뿜었다.

"분명히 말했습니다. 아무도 살아 돌아갈 수 없다고."

수라천둔 생사명멸(修羅天遁 生死明滅).

진자강의 몸에서 뻗어 나온 얇고 날카로운 살기가 수십 갈래, 수백 갈래가 되어 사방으로 퍼졌다. 무형의 기가 진자강에게서 떨어지려 애쓰던 무인들을 관통했다. 살기에 관통된 무인들은 몸이 이상해지는 걸 느꼈다. 몸이 따끔거리며 뜨겁게 달아올랐다. 눈이 시큰거렸다.

진자강의 살기가 한층 더 강렬해졌다.

고오오오!

발밑에서 소용돌이가 생겨 머리카락이 하늘거리며 거꾸로 치솟고 옷깃이 나부꼈다.

쏘아지는 살기에 생사명멸보다 한 단계 높은 기운이 담겼다.

수라천둔 쇄살융창(殺殺隆昌),

살기가 진해지자 무인들은 눈이 부풀어 올라 터질 것처럼 압박을 받았다. 픽 픽, 눈의 실핏줄이 터지며 흰자위가 피로 물들어 갔다. 피가 들끓으며 역류했다. 금방이라도 토할 것처럼 속에서 뜨거운 무언가가 올라왔다.

살갗이 찢어질 것처럼 아팠다. 무인들이 급히 자신의 팔을 보았다. 적멸화의 꽃잎이 그들의 몸에 하나둘 피어나고 있었다.

"안 돼…… 아, 안 돼!"

무인들이 중독된 자신들의 몸에 피어나는 적멸화를 보며 다급한 비명을 질러 댔다.

한둘이 아니라 수백 명이 동시에 지르는 비명이었다. 진자강에게서 멀어지려고 해도 불가능했다. 중독된 자들이 가까이 오지 못하게 밀쳐 버리거나 무기를 휘두르는 자들도 생겼다.

사람이라면 누구나 살고 싶은 욕망이 있다. 그러나 자기 혼자 살겠다고 아등바등 남을 해치고 있는 모습은 용납하기 어려웠다. 너무도 추악하고 지저분했다. 그건 사람이 아니라 아귀들끼리 뒤엉킨 아귀도(餓鬼道), 그것이었다.

더 이상 인간이기를 포기한 자들.

세상에서 지워져야 할 것들을 모조리 무로 되돌려라!

진자강의 눈이 크게 치켜떠지고 살기가 극도로 치솟았다.

진자강이 양손을 하늘로 힘껏 쳐들었다가 손바닥으로 바닥을 쳤다.

콰앙!

판석이 으깨지고 부서지며 흙먼지가 피어올랐다. 흙먼지 사이로 투명한 빛살들이 무수히 쏟아져 나왔다.

수라천둔 환허지경(還虛之境)!

존ㆍ엄ㆍ배ㆍ제(尊嚴排除).

실체화된 살기.

그것이 무인들에게 그대로 유형의 피해를 주었다.

핏. 피핏!

빛살이 난무했다. 수없이 많은 빛살이 무인들을 꿰뚫었다.

"따, 따거워!"

살기가 꽂힌 자리는 정말로 바늘로 찌른 것처럼 구멍이 뚫리며 피가 흘렀다. 그리고 그 자리는 그대로 곪으면서 피고름을 만들어 냈다.

"으아악!"

"으아아아악!"

적멸화가 피어남과 동시에 피가 고름이 되고, 끔찍하게도 산 채로 몸이 녹으며 죽어 갔다.

죽는다고 끝이 아니었다.

푸슈슈슈! 몸이 녹으면서 독기가 뿜어졌다. 죽는 자들도 비명을 질렀지만 독기가 피어오르는 걸 본 자들도 똑같이 비명을 질렀다. 중독된 자는 칼질해서 밀어낼 수 있었지만 독기는 막아 낼 수가 없는 것이었다.

진자강을 중심으로 살기가 퍼져 나간 자리에 더는 서 있는 사람이 없었다. 모조리 녹아내리고 있었다. 독기로 가득한 독장이 되어 다가서려 해도 다가설 수 없다.

이 지독한 살육에 무인들은 완전히 질려 버렸다.

벌써 삼사백 명은 죽은 듯하다. 차 한 잔 마실 시간도 지나지 않았다.

그러나 그보다 더 치가 떨리는 건, 어차피 이렇게 다 죽일 거였으면서 조금 전에는 굳이 하수인과 털북숭이 무인을 골라서 죽였다는 점이다.

이유는 단 하나다.

언제든 원하는 이를 지정하여 죽일 수 있다는 점을 무인들에게 각인시킨 것이다.

숨어도 소용없고, 달아나도 소용없다. 정말로 단 한 명도 남기지 않고 모조리 죽일 수 있다는 걸 진자강이 행동으로 보여 주고 있었다!

진자강과의 싸움은 여타의 싸움과 달랐다. 머릿수가 많다고 좋은 게 하나도 없었다. 죽은 자들마저 죽어서 독기를 피워 올리니 죽으면 죽을수록 불리했다. 그나마 담장이 높고 바람이 불지 않아 독기가 빠르게 퍼지지 않는다는 것이 안심이었는데…….

진자강이 양팔을 좌우로 뻗었다.

딸깍.

수라진경, 사십가수 절명사.

콰콰콰콰콰—!

풀려나온 사십 가닥의 수라진경이 마구 휘몰아쳤다. 진자강의 팔 움직임을 따라 수라진경이 일으킨 바람이 독기를 밀어냈다.

무인들의 얼굴이 극도의 공포로 하얗게 질렸다.

진자강이 스스로 바람을 만들어 내고 있었다.

예전의 진자강은 바람의 방향을 생각하여 독을 살포하고 쑥을 태우며 스스로 부채질을 하여 독기를 퍼뜨린 적이 있었다.

그러나 이제는 필요하다면 스스로 바람을 만들어 내는 경지에까지 이르렀다.

무인들의 피해가 순식간에 커졌다. 진자강의 살기를 받아도 죽고, 바람이 몰고 온 독기를 흡입해도 죽는다. 삼 장 높이의 담이 벗어날 수 없는 감옥이 되었다. 그나마 삼 장을 뛰어오를 실력이 있는 자들 몇몇이 담장을 뛰어넘어 달아나려 했다.

진자강은 그들 하나도 놓치지 않았다. 뛰어오르는 순간, 팔을 뻗었다.

쎄애액! 수라진경이 믿을 수 없을 만큼 길어져 담을 뛰어오르는 무인들을 관통했다. 수라진경이 담장에 꽂혔다. 무인들은 뛰어오르다 말고 수라진경에 꿰여 공중에서 버둥거렸다.

그리고 그 상태에서 녹았다. 끔찍하게도 수라진경에 걸린 채로 줄줄 흘러내렸다.

"끄아아아악!"

담장 가까이에서 달아날 기회를 노리고 있던 무인들이 놀라서 물러났다.

최악이었다. 수라진경에 꿰여 녹아서 떨어진 자들 때문에 담에까지 독장이 생겨 버렸다. 진자강이 일으킨 바람으로 인해 독기가 담장을 타고 좌우로 퍼져서 담장 전체에 독기가 번졌다.

담장으로 달아나는 일은 불가능해졌다. 게다가 죽어 가는 이들이 늘어나 대연무장 안의 독기도 점점 가득해지고 있었다. 어디로 달아날 수도 없는, 그야말로 사면초가였다.

그럼에도 단상 위에 있던 구대문파의 장문인들과 팔대무림세가의 가주들은 싸움에 끼어들지 못하고 있었다. 하독된 걸 안 순간 내공을 끌어 올려서 자신의 몸이 이미 중독되었음을 확인한 탓이었다. 내공으로 독기를 억눌러 어떻게든 수라혈이 퍼지지 않도록 해야 했다.

눈치 빠른 사마가의 가주가 마침내 어디에서부터 독이 시작되었는지 깨닫고 외쳤다.

"깃발이다! 깃대에 독이 있어!"

깃발을 통한 하독.

독룡을 잡기 위한 수단에 독룡의 독이 있었을 줄이야!

놀란 무인들은 깃발을 내던졌지만 이미 늦었다. 깃대뿐 아니라 사방이 독기 천지였다. 이제 와 깃대를 내버린다고 달라질 게 없었다.

단상에 있는 천인문의 문주가 백리중을 불렀다.

"맹주!"

독룡이 날뛰고 있다. 차후에 손발이 되어야 할 이들이 기하급수적으로 죽어 가고 있다. 지금이 바로 백리중이 나서야 할 때가 아닌가!

말이 구대문파고 팔대세가이지, 중급 문파 중에서 되는 대로 끼워 넣은 명목일 뿐이다. 그 이름에 걸맞은 능력을 갖추지 못했다. 사실상 백리중 하나만 바라보고 온 이들이라 할 수 있었다.

그러나 백리중은 학살의 현장을 묵묵히 바라보고 있다가 고개를 돌려 누군가를 쳐다보았다.

검후 임이언을 싸늘하게 보고 있었다.

임이언이 쓴웃음을 지으며 검을 쥐었다.

"아무래도 내가 죽어야 할 모양이구려."

"거, 검후?"

이유를 알지 못한 다른 이들이 불안한 표정으로 임이언과 백리중을 번갈아 보았다. 하나 백리중은 벌써 임이언에게서 시선을 돌린 지 오래였다.

임이언은 뒤도 돌아보지 않고 단상을 내려왔다. 단상 바로 앞까지 피할 데가 없어진 무인들이 몰려와 있었다. 백리가의 무사들이 단상에 오르는 걸 억지로 막고 있었지만 오래 막진 못할 터였다.

임이언이 도약했다. 무인들의 머리와 어깨를 밟으며 진자강의 앞까지 날아갔다.

임이언을 본 진자강이 잠시 손을 거두었다.

임이언은 진자강이 만들어 낸, 아니 시체들이 뿜어낸 독기로 만들어진 독장 안으로 들어왔다.

"독기에 숨이 탁탁 막히다니. 참으로 지독한 독일세."

독장 안에서 말을 하면 독기를 마실 수밖에 없다. 그러나 임이언은 개의치 않았다.

진자강이 임이언을 무덤덤하게 바라보았다.

한때 같이 행동했던 임이언이 지금은 정반대 쪽인 백리 중의 무림총연맹 편에 서 있다. 혼란스러울 수밖에 없는 상황이었다.

그러나 진자강은 어지러운 감정을 드러내지 않았다.

대신 조용히 물었다.

"손 소저 때문입니까?"

임이언은 입가에 보조개를 닮은 주름까지 만들며 웃었다.

"이제는 놀랍지도 않군. 자네의 그 날카로운 안목은."

임이언이 내공을 끌어 올려 기막을 펼쳤다. 밖에서 다른 이들이 둘이 나누는 얘기를 듣지 못하게 한 것이다. 그런 뒤 말했다.

"나는 내가 손비에게 한 행동이 잘못했다고 생각한 적이 한 번도 없었네. 그러나 작금에 이르러 뒤돌아보니, 내가 그 아이에게 너무 몹쓸 짓을 한 것 같아."

진자강은 가만히 임이언의 얘기를 들었다.

"예쁘고 총명한 아이였어. 만약 말을 할 줄 알았다면 자네를 향한 마음을 감출 필요도 없었을 테고, 자네의 마음까지 독차지했겠지. 혼자서만 속으로 삭이며 뒤에서 눈물을 흘리고 힘들어하지 않아도 되었겠지."

"지나간 일입니다."

진자강의 말에 임이언이 살풋 웃었다. 손비가 말을 못 하게 만든 자신의 과거에 대한 자책을 진자강이 위로해 주고 있었다.

"말도 안 된다고 생각하였으나, 왜 독룡이 다정하다는 말들이 나오는지 알겠군."

임이언은 검집을 버렸다.

"하나 내 자책감과는 별개로 무림총연맹의 편에 서게 된 건 서로에게 잘된 일이었네. 애매하게 무림세가와 무림 문파의 경계에 있던 우리는 금강천검의 덕에 정식으로 구대 문파에 이름을 올릴 수 있게 되었고, 손비는 자네와의 사이를 의심받지 않아도 되는 걸세."

임이언이 말한 '서로'의 객체는 무림총연맹이 아닌 남해검문과 손비를 말하는 것이다.

미묘한 어감에 임이언의 고민이 깊이 배어 있었다.

진자강이 말했다.

"그렇게까지 하지 않아도 되셨을 텐데요."

"그렇게까지가 아니지. 강호에서 인정받는 무림 문파로

불리는 건 염왕조차 해내지 못한 일이 아닌가."

"제가 금강천검에게 패할 거라 생각하셨습니까?"

"아니."

임이언이 내공을 끌어 올려 검강을 만들어 냈다. 치칙 치직, 검강에 독기가 타며 더 심한 독연이 생겼다.

임이언은 진자강을 향해 검을 겨누었다.

"그러지 않을 것 같아서 더욱 고민 없이 이쪽에 설 수 있었네."

진자강이 물었다.

"이유를 여쭈어도 되겠습니까?"

그러나 임이언은 대답 대신 검을 겨눈 채로 고개를 옆으로 까딱였다.

"독기가 심해 오래는 버티지 못할 것 같군. 상대해 주겠나?"

진자강은 조금도 고민하지 않고 답했다.

"무인의 예(禮)로 대해 드릴 수는 없습니다."

무인 대 무인의 개인적인 싸움이 아니라 세상을 정화하기 위한 대의의 싸움이므로.

"이해하네. 이런 와중에 그런 걸 바라는 자체가 무리지. 그러나 내 한때 자네에게 한 수 가르쳐 주었다는 걸 잊지 말게. 얼마나 늘었는지 볼까?"

임이언은 바로 연용사애검을 꺼내 들었다. 검강이 길게 이어지며 제비처럼 현란하고 빠르게 쇄도했다.

진자강이 눈을 부릅떴다. 살기가 임이언에게로 마구 쏟아졌다. 임이언은 검막을 펼쳐 유형화된 살기를 쳐 냈다. 하나둘, 촘촘한 검막을 뚫고 살기가 샜다.

핏, 핏! 임이언의 몸에 상처가 생겼다. 순식간에 상처가 붓고 피가 흘렀다. 줄줄 흐르던 피가 연하게 변하면서 어느 순간 고름이 되어 흘렀다.

임이언의 동작이 절로 둔해졌다. 임이언은 호흡을 크게 들이쉬며 아예 독기를 억누르던 내공마저 검으로 돌렸다. 검강이 더욱 강하게 뿜어졌다. 중독으로 인한 허점을 검강의 위력으로 상쇄했다.

그러곤 진자강의 허리를 동강 낼 것처럼 검을 휘둘렀다. 공기 중에 섞인 독이 검강에 불타며 검의 궤적을 따라 길게 연기가 흘러나왔다.

칵!

그러나 검이 완전히 휘둘러지지 못하고 갑자기 허공에서 멈추었다. 수 겹의 수라진경이 서로 그물처럼 얽혀져 검의 길을 막고 있었다.

그 순간 진자강은 검강이 빛나고 있는 사이로 불쑥 손을 밀어 넣어 손잡이를 손가락으로 짚었다.

퍼헉!

임이언의 손이 검의 손잡이와 함께 날아갔다. 강제로 검강이 끊기면서 임이언은 큰 충격을 받고 피를 뿜었다. 검강이 붙은 검날이 연기에 휩싸여 공중에 떠올랐다.

꿈틀.

임이언의 눈이 일그러지고 몸이 굳었다. 진자강은 동시에 수라진경을 뻗어 임이언의 몸을 관통시켰다. 십여 개의 선이 임이언의 목과 견갑골, 어깨뼈, 팔꿈치, 늑골과 장골, 허벅지를 꿰뚫고 있었다.

임이언이 허망하게 웃었다.

"설마 했는데, 일초지적도 되지 못하는 것인가?"

내공으로 억누르길 포기한 탓에 독이 몸 전체에 퍼져 상태가 급격히 나빠지기 시작했다. 상처에서 생겨난 피고름이 밖으로 흘러내리고 있었지만 안으로도 파고들어 뼈에까지 들러붙었다. 임이언은 몸이 버티지 못하고 조금씩 무너져 내리는 걸 깨달았다.

임이언이 적멸화가 핀 자신의 몸을 내려다보았다가 진자강을 쳐다보았다. 실핏줄이 터져 혈안이 된 눈에 회한이 깃들어 있었다.

"내가 왜 이쪽에 거리낌 없이 붙을 수 있었는지 궁금하다고 했지?"

임이언은 기력이 다해 기막을 펼칠 수 없다. 진자강이 대신 기막을 펼쳐 소리를 차단했다.

그제야 임이언은 가슴에 품었던 얘기를 털어놓았다.

"자네는 살아남을 게야. 여기 있는 모든 자를 죽이고 천하제일인으로서 강호에 군림하겠지. 무림의 누구도 자네를 위협하지 못할 것이며 자네에게 복수하겠다는 꿈은 꾸지도 못할 것임에 분명해."

임이언은 줄줄 흐르는 코피를 닦지도 않고 말을 이었다.

"그러니…… 독천이는 괜찮아. 자네가 무슨 짓을 했고 또 앞으로 무슨 짓을 하든 자네와 당가의 울타리에서 보호받게 될 게야."

진자강은 임이언이 무슨 말을 하는가, 의아해하였다.

임이언이 숨을 몰아쉬었다. 목에서 피거품이 끓어 그륵거리는 소리를 냈다. 하나 말을 멈추지 않고 진자강을 똑바로 보았다.

"하지만 비의 아이는 어떻지? 만일 비의 아이가 자네의 핏줄이라는 게 알려지면 그 아이는?"

흠칫.

순간 진자강은 깨달았다.

임이언의 말은 낯설지 않았다. 그것은 진자강이 갱도를 나와 강호행을 하며 처음 만난 제갈가를 비롯, 대문파와 무림세가의 제자들에게 느꼈던 것과 똑같은 말이지 않은가.

앞으로 당가에서 태어난 진자강의 아이들은 온실 속의 화초처럼 보호받고 보살핌을 받으며 자라게 될 것이다.

그러나, 손비의 아이는 그럴 수 없을 터.

만약 임이언의 말처럼 진자강의 아이라는 게 알려지면 어떻게 될까.

진자강 대신 복수의 대상이 될 수도 있다. 어딘가에 납치되어 진자강과 거래하기 위한 도구로 쓰이게 될지도 모른다. 상상하지도 못할 수많은 위협에 절로 노출될 터였다.

손비는 이미 진자강을 오랫동안 따라다녔다. 아이를 낳는다면 누구라도 진자강의 아이임을 의심할 것이다.

"그래서 무림총연맹의 편에 섰단 말입니까?"

"아니. 금강천검을 따르는 건 우리 남해검문 수뇌부의 선택이었네. 내가 수뇌부의 결정을 기꺼이 받아들인 이유를 설명하였을 뿐."

하여 임이언이 그렇게 표현하였던가.

서로에게……, 그러니까 남해검문과 손비 둘 다에 잘된 일이라고.

그러나 진자강은 이제 와 책임지겠다는 둥 그런 무책임한 말을 하지는 않았다.

강호의 모두는 자신의 말과 행동에 책임을 지고 산다. 스스로 떠난 손비도, 임이언도. 그리고 남해검문도.

가혹한 운명이었으나 스스로가 만들어 내었으니 본인들이 감당할 수밖에 없으리라.

임이언은 면피용 해명을 하지 않는 진자강에게 감탄했다. 어떻게 이 나이에 이런 사고의 깊이와 진지함을 가질 수 있을까.

"사람 대 사람으로서 나의 행동이 존중받는다는 느낌이 드는데, 착각인가?"

"아닙니다."

불쌍하게 여기고 동정한다 해서 상대를 존중하는 것이 아니다. 상대의 결정을 받아들이는 것이야말로 상대를 존중하는 것이다.

"멋진 친구일세, 자네. 비가 반한 이유를 알겠어. 누구에게든 전혀 아깝지 않은 상대야. 오히려 자네의 가치를 알아보지 못한 내가 멍청한 것이었어."

임이언의 눈에서 피눈물이 흘렀다.

눈이 터진 것이 아니라, 정말로 임이언의 눈물이었다!

"검후……."

임이언이 눈물을 흘리며 웃었다. 몸이 산 채로 녹아내리고 있으니 고통이 지극할 텐데도.

임이언이 울음 때문에 목이 메어 걸걸한 소리로 말했다.

"비가 아이를 가진 건…… 본 문에서는 나 외엔 아무도 모르네. 무슨 말인지 알겠지?"

"안령 소저도 압니다."

"고것은 입이 싸서 조금 걱정인데."

진자강이 쓴웃음을 지으며 고개를 끄덕였지만 임이언은 더 이상 눈이 보이지 않았다.

몸에서 쉴 새 없이 피고름이 흘러내렸다. 임이언은 최대한 허리를 펴고 꼿꼿한 자세로 최후를 맞이할 준비를 하였다.

그러곤 작은 목소리로 중얼거렸다.

"내 아이만큼은 내가 이루지 못한 것을 이루어 성공하길 바랐는데…… 그것이 오히려 나와 같은 신세로 만들게 될 줄이야."

임이언이 하하 웃었다.

"참으로 얄궂은 운명이 아닌가!"

크게 소리치더니 피를 토하며 제자리에서 무너져 내렸다.

단정(斷情).

임이언은 여자의 몸으로 최고의 무인이 되기 위해선 정을 끊어야 한다고 생각했다. 그러나 그런 임이언조차 마지막에는 정을 위해, 피붙이를 위해 죽음을 선택한 것이다.

진자강도 사람이다. 아무렇지 않을 수는 없었다. 특히나 몸을 섞은 이의 사부를 자신의 손으로 죽였다.

음울. 진자강의 마음에 작은 우울의 파문이 일었다.

그러나 진자강은 금세 마음을 추슬렀다. 죽은 임이언을 향해 고개를 숙였다.

그것은 무인이 아니라 사람으로서 취하는 망축(亡祝)의 예였다.

무림총연맹에 모여 있던 무인들은 경악에 또 경악했다.

임이언과 무슨 얘기를 나누었는지는 모른다. 관심도 없다.

임이언 같은 고수가 검강까지 뽑아내고서 진자강을 건드리지조차 못했다는 사실만이 눈에 들어올 뿐이다.

무인들의 공포는 말로 표현하기 어려울 정도로 치솟았다.

백리중에 대한 원망과 아우성이 치솟았다.

"무림맹주는 뭘 하는가!"

"우리가 다 죽을 때까지 기다릴 셈이오?"

"제발 우리를 살려 주오!"

"살려 주십시오!"

대연무장의 삼분지 일이 독기 가득한 독장이 되었다. 남은 무인들은 독장을 피해 서로 간에 바싹 붙어 있는 중이었다.

구대문파와 팔대무림세가의 수뇌들도 백리중의 출전을 요구했다.

"이대로 있으면 우리까지 다 죽겠소!"

"맹주! 저들을 더 이상 잃어서는 아니 되오이다!"

백리중은 그들이 굳이 재촉하지 않아도 아까부터 내내 진자강을 주시하고 있었다. 그들이 아우성치는 말도 모두 들었다. 그러나 심하다 싶을 정도로 굼뜨게 움직였다. 한 걸음, 한 걸음 단상을 내려갔다.

염소수염의 총군사는 몸을 바들바들 떨며 단상의 뒤쪽 맨 끝에 숨어 있었는데, 그만이 백리중이 왜 저런 행동을 하고 있는지 알았다.

저 주제넘는 것들은 영웅이니 대협이니 추켜세워 주면 그게 정말인 줄 안단 말야. 하지만 나 백리중이 없이도 그럴 수 있을까? 금세 깨닫게 되겠지. 내가 아니면 제깟 놈들은 아무것도 아니라는 걸. 내가 바로 자신들의 주인이라는 걸.

그래서 일부러 뜸을 들이고 있는 것이다. 한때 진자강과 함께 다녔던 임이언은 언제 뒤통수를 칠지 모르니 가장 먼저 처리해 버리고.

굳이 이 상황까지 와서도 그럴 필요가 있는가. 이해할 수 없지만 백리중의 속셈은 어느 정도 무인들에게 먹혀들긴 하였다. 극도의 불안감을 가진 무인들은 백리중을 거의 어둠 속의 광명처럼 여기고 연호했다.

"맹주! 맹주!"

"드디어 맹주님이 나서신다!"

보통의 무인들은 이미 독장을 피해 물러설 만큼 물러나 있었으므로 진자강의 주위에는 아무도 없었다.

백리중은 독장의 앞에 섰다. 바닥에 독수가 되어 흐르는 피와 살덩이, 숨 쉬기조차 어려울 정도로 뿜어져 나오는 독기가 그의 앞을 가로막고 있었다.

무인들이 꿀꺽 침을 삼키고 이목을 집중했다.

백리중은 자신만만하게 독룡을 상대하겠다고 말했다. 저 독장을 과연 견뎌 내느냐, 견뎌 내지 못하느냐에 따라 그의 말이 맞는지 알게 될 것이었다.

스윽.

백리중이 가볍게 팔을 저으며 독장 안으로 들어섰다.

순간 긴장감은 최고조에 올랐다.

백리중은 작은 기침 하나 내뱉지 않고 멀쩡하게 독장 안에 서 있었다.

아무렇지 않다!

무인들은 기쁨에 겨워 눈물까지 흘리면서 함성을 외쳤다.

와아아아아—!

백리중은 그때부터 거침없이 독장을 뚫고 진자강에게로 향했다.

찰박, 찰박.

바닥에 흐르는 웅덩이들을 등평도수로 가볍게 밟으며 나아갔다. 액체는 조금도 튀지 않았다. 작은 낙엽이 떨어진 것처럼 아주 미세한 파문만이 생겨났을 뿐이었다.

고도의 신법이 백리중이 얼마나 높은 경지에까지 올랐는지를 알게 해 주었다.

심지어 수라혈에도 무적!

마침내.

진자강은 백리중을 지척에서 일대일로 대면하게 되었다.

고요했다. 진자강과 백리중의 대면에 함부로 입을 놀릴 수 있는 자는 없었다. 심지어 벌레들마저도 울지 않았다. 새소리마저 들려오지 않았다.

진자강이 입을 열었다.

"여전히 협객의 얼굴을 하고 있군요. 십 년 전처럼."

백리중은 진자강을 불타는 듯한 눈으로 내려다보며 답했다.

"협객의 얼굴을 한 것이 아니라, 당금의 천하에서 가장 악한 자를 앞에 두고 있으니 내가 협객으로 보이는 것이다."

진자강의 입술이 살짝 비틀렸다.

"말 또한 그때와 마찬가지로 청산유수이고 말입니다."

진자강이 눈을 감더니 전혀 다른 어조로 말했다.

"무림총연맹을 대신해 한 점의 의혹도 없이 백화절곡의 사건 전모를 명명백백히 밝혀 주겠다. 지독문이 죄를 지었다면 응당 그에 걸맞은 처분을 받도록 할 것이다."

그러곤 눈을 뜨고 백리중을 쳐다보며 되물었다.

"기억합니까?"

백리중이 어린 진자강에게 했던 말이었다.

백리중이 대답했다.

"기억하지. 내 모든 정황과 증거를 살피고 전모를 명명백백하게 밝혀 지독문의 억울함을 풀어 주었다. 그러나 너는 정당한 판결에도 승복하지 않고, 이날까지 앙심을 품어 왔구나. 참으로 지독하도다. 사람이 어찌 이다지도 악하단 말이냐!"

백리중이 남들이 모두 들으라 목소리에 내공을 싣고 있어서 무인들은 백리중의 말을 들을 수 있었다.

모두 백리중의 편을 들으며 진자강을 욕했다.

"거짓말쟁이!"

"죽어 버려!"

"맹주님! 부디 놈을 잔인하게 죽여 주십시오!"

백리중은 무수한 응원을 받으며 진자강을 손가락으로 가리켰다.

"네 이놈! 너는 공정한 판결조차 무시하고 자신의 옹졸한 생각만을 앞세워 애꿎은 이들을 죽였다. 그리고 강호에 피바람을 불러일으켜 수천의 아까운 목숨을 해하였으니 그 죄를 용서할 수가 없도다!"

무인들이 악을 받쳐 소리를 질렀다.

"죽여! 죽여!"

"악인을 죽여 본으로 삼아라!"

진자강의 고개가 삐딱해졌다.

"자꾸 헛소리를 하니 이상한 사람들이 끼어들잖습니까. 이래서야 대화가 되겠습니까?"

진자강의 비릿한 조소에 무인들이 흥분해 날뛰었다.

"대화는 무슨 놈의 대화!"

"독룡을 죽이고 당가로 갑시다!"

"독룡의 가족들을 찢어 죽여 형제들의 넋을 위로해야 합니다!"

순간 마지막에 말을 한 자와 진자강의 눈이 서로 마주쳤다. 뱁새눈을 한 자였는데 그는 진자강과 눈이 마주치자마자 얼어붙었다.

진자강의 몸에서 살기 한 줄기가 날아갔다.

백리중이 앞을 가로막고 가슴을 편 채 기합을 내질렀다.

"하!"

마치 사자후처럼 음성이 퍼지며 허공이 진동했다. 진자강의 살기가 공중에서 스러졌다.

백리중이 노호성을 질렀다.

"네 이놈! 아직도 정신을 못 차리고 함부로 살생을 하려드느냐!"

백리중의 덕에 살아난 뱁새눈의 무인은 백리중 때문에 자신을 죽이지 못한다는 걸 알게 되자 더 진자강을 약 올렸다.

"으하하하! 어디 한번 나를 죽여 보시지! 이 개 같은 놈. 육시할 놈. 어미 아비도 없는 자라 새끼!"

진자강의 눈빛이 차가워졌다. 진자강은 말없이 한 손을 들었다.

파팟! 소매에서 침 두 자루가 튀어나와 진자강의 손가락 사이에 들렸다.

핑그르르. 두 자루의 침이 손가락 사이에서 회전했다. 진자강은 회전하는 두 자루의 침을 잡아 즉시 섬절로 던졌다.

빛살처럼 허공에 선이 그어졌다. 백리중이 한 손을 휘저었다. 침이 바람에 휘말려 엉뚱한 데로 날아갔다.

뱁새눈의 무인은 이번에도 깜짝 놀랐다가 다시금 안도했다. 양팔을 번쩍 들고 환호했다.

"무림맹주 만세! 무림총연맹 만세!"

누가 봐도 백리중을 믿은, 진자강을 향한 도발이었다.

진자강은 뱁새눈의 무인을 빤히 바라보았다. 그러더니 다시 손을 옆으로 뻗었다.

핑그르르! 이번엔 네 자루의 침이 손가락에 잡혔다. 진자강이 섬절의 묘리를 이용하여 네 자루의 침을 일직선으로 날렸다.

백리중은 소매를 떨치며 허공에서 장력을 터뜨렸다.

펑! 공기가 뒤흔들리며 네 자루의 침이 다시 엇나갔다.

"와아아! 맹주님 만세!"

이젠 뱁새눈뿐 아니라 다른 추종자들까지 연호했다. 뱁새눈 주위의 무인들이 축하하듯 뱁새눈의 어깨를 쳤다. 진자강이 실패한 것이다. 뱁새눈은 독룡이 죽이겠다고 목표로 삼은 이들 중에 유일하게 살아났다. 축하하지 않을 수가 없었다. 그리고 그것은 오로지 백리중의 덕분이다.

백리중이 있는 이상, 다른 이들도 안전하다!

백리중의 입가에 작은 미소가 감돌았다. 진자강이 아무리 날뛰어도 자신을 거치지 않으면 뒤에 있는 자를 해칠 수 없다. 오히려 추종자들이 백리중을 더 믿고 의지하게 만들었다. 자신의 존재가 돋보이고 있다.

이것은 천고(千古)에 다시 없을 무력을 가진 이에 대한 존경이며 당연한 예우다.

"와아아! 맹주 만세! 금강천검 만세!"

"독룡 따위는 지옥으로나 꺼져 버려라!"

대연무장를 진동하는 무인들의 환호가 백리중을 흡족하게 했다.

만족했다.

무림 최후의 천하제일인.

그것이 바로 자기 자신이다.

이 자리를 얼마나 간절히 원하였는가. 이 자리에 서기까지 얼마나 많은 고생을 하였고 피나는 노력이 필요했는가.

그런데 마침내 해낸 것이다.

그간 백리중을 괴롭히던 지독한 갈증이 한꺼번에 풀리는 듯……

싶었다.

진자강은 양팔을 들었다.

양손의 손가락 사이에서 세 자루씩의 침이 튀어 나왔다.

무인들은 더 이상 진자강을 두려워하지 않았다. 백리중이 앞을 막고 있는 한, 진자강이 무슨 수를 써도 소용없다는 걸 안다.

뱁새눈이 진자강을 약 올렸다.

"수라는 개뿔! 네가 수라라면 우리에겐 금강천검이란 제석천이 계시다! 벼락이나 맞고 뒈져라!"

진자강이 뱁새눈을 노려보며 양손을 들어 올렸다. 양손의 손가락에서 다섯 자루의 침이 핑글핑글 돌았다.

진자강은 힘껏 팔을 앞으로 휘둘러 뱁새눈을 향해 열 자루의 침을 일거에 쏘아 냈다.

백리중이 놓치지 않고 끼어들었다.

"무력의 차이를 보여 주마."

백리중은 한 손을 뒤로 뺐다가 앞으로 쭉 뻗으며 손바닥을 펼쳤다. 그러곤 콱 허공을 움켜쥐었다.

뻐억!

공간이 압축되어 우그러지면서 불편한 파열음을 냈다. 눈 깜박이는 것보다 빠르게 날아가던 열 자루의 침이 허공에서 휘고 꺾이며 그대로 뚝 떨어졌다.

후두둑.

무림총연맹의 무인들은 백리중의 무위에 전율했다. 더 크게 환호성을 질렀다.

공간마저 지배하는 백리중의 내공은 이미 인간을 넘어선 것이었다.

백리중이 진자강에게 말했다.

"마장현신조차 본인의 앞에서는 아무 힘도 쓰지 못할 것이다. 이미 본인은 탈마를 넘어서서 온전한 신마일체(神魔一體)를 이루었다. 현교의 교주가 다시 찾아온대도, 마장을 불러낸대도 본인 앞에서는 한낱 어린아이에 불과할지니."

진자강은 다시금 양손을 들었다.

핑그르르!

"신마일체? 언제 신(神)을 접한 적은 있습니까?"

신마일체는 정도와 마도가 궁극적으로 같은 상태에 올라 있음을 의미한다. 정도의 궁극지경, 마도의 탈마지경을 모두 동시에 이룬 자다.

"선(善)을 알지 못하는 자가 순수한 악(惡) 자체가 되어 남의 눈에 선처럼 보인다고 해서, 그게 참된 선을 이룬 겁니까?"

핑그르르르르! 독침이 한층 더 맹렬하게 회전했다.

"그건 그냥 착각입니다만."

백리중의 눈썹이 꿈틀거렸다. 진자강은 지금 백리중에게 말을 하면서 단 한 번도 백리중을 쳐다보지 않았다. 계속 뱁새눈만을 쳐다보고 있는 것이다.

진자강이 연거푸 팔을 휘둘렀다.

번쩍, 아까보다도 더욱 빠른 섬절이 날아갔다. 백리중이 가소롭다는 표정으로 손바닥을 뻗어 공간을 움켜쥐었다.

우직!

이번엔 아까보다 좀 더 껄끄러운 소리를 내며 독침이 구부러졌다. 구부러진 독침이 바닥으로 뚝 떨어져 굴러다녔다.

핑그르르르.

진자강이 다시 열 개의 손가락에 열 자루의 침을 뽑아냈다. 그러곤 다시금 뱁새눈을 향해 던졌다.

백리중은 귀찮다는 투로 팔을 휘저었다. 백리중 손가락과 손등, 팔목 등에 걸린 독침이 허무하게 튕겨 나갔다. 백리중의 살갗에는 긁힌 상처 하나 없다. 막대한 내공이 금강불괴처럼 신체를 보호하고 있었다.

그런데 진자강은 또다시 독침을 뽑아 들고 있었다.

도대체 이게 무슨 의미가 있다고 같은 짓을 계속해서 한 단 말인가?

뱁새눈도 무인들도 의아했다. 분명히 뱁새눈을 노리고 던지는 건 맞다. 아까부터 계속 뱁새눈을 쳐다보고 있다.

그런데 소용이 없는 일을 왜 계속하는가?

독침을 던지는 내공도 아깝고, 독침도 개수가 한정되어 있을 텐데 낭비하는 게 아깝지 않은가?

그러나 진자강은 전혀 아깝지 않은 모양이었다.

핑! 피이잉!

진자강이 섬절로 쏘아 낸 독침들이 날 선 파공음을 내었다. 백리중이 휘저었던 팔을 회수하며 반대로 원을 그려 독침을 쳐 냈다.

티티팅. 독침과 백리중의 손가락이 부딪칠 때 불똥이 튀었다. 그 순간에 진자강의 손에서는 벌써 다음 독침이 떠나 있었다.

백리중의 움직임도 더 빨라졌다.

타앙, 타탕! 불꽃이 더 격렬해지고 소리도 커졌다. 태앵! 탱! 불꽃이 터지며 이젠 거의 쇠꼬챙이끼리 부딪치는 듯한 소리가 난다.

불꽃들 사이로 뱁새눈은 진자강의 시선을 마주한 채 어이가 없어 입을 벌렸다. 벌써 백여 자루는 족히 던졌다.

태태탱! 태앵! 쉬지 않고 불똥이 튀고 불꽃이 핀다. 침에 발라진 독이 타면서 가느다란 연기를 피워 냈다. 아무리 백리중이 다 튕겨 내고 있어도 공중으로 튕겨지는 수십 자루의 독침과 계속 울리는 쇳소리를 들으면 몸이 움찔거릴 수밖에 없다.

"아니 뭐…… 나 하나 죽이려고 이렇게까지……."

뱁새눈의 무인은 점점 더 얼굴이 어두워지기 시작했다. 진자강이 뱁새눈을 노려보면서 눈을 크게 떴다.

흠칫!

뱁새눈은 순간 진자강이 이번 한 수에 힘을 집중하려 한다는 걸 직감했다. 진자강이 손목을 튕기는 모습을 보자마자, 백리중이 막고 있는데도 절로 찔끔했다.

"어헙!"

뱁새눈이 기겁하여 몸을 웅크렸다. 동시에 아주 굵은 백색의 선이 공간을 꿰뚫고 지나가 백리중의 손등에서 매우 큰 불꽃을 만들어 냈다.

따아앙!

이번에 날아온 한 자루의 독침은 그 위력이 얼마나 강했는지 완전히 꺾이지도 않고 궤도만 바뀌어 지나갔다. 백리중의 팔이 순간 굳었다. 손등에 거무스름한 그을음 자국이 생겨났다. 백리중의 눈썹이 살짝 일그러졌다.

진자강이 조용히 혼잣말을 했다.

"빗나갔군요."

빗나갔다는데 뭔가 분위기가 이상하다.

무인들이 주변을 돌아보았다. 뱁새눈의 무인도 누구보다 빠르게 좌우를 살피며 무슨 일이 생긴 건지 확인했다.

누구인지 모를 무인 한 명의 미간 사이에 장침이 꽂혀서 뒤통수까지 뚫고 나와 있었다. 그 자신은 독침에 맞은 것인지도 모르고 있다가, 주변 이들이 자신을 쳐다보며 손가락질을 하자 그제야 알았다.

"억! 어어억!"

눈이 가운데로 몰리면서 몸에 적멸화가 피어나고 피를 토하며 자빠졌다.

"으아아!"

그의 근처에 있던 무인들이 독기에 휘말리지 않으려 물러나고 난리가 났다.

뱁새눈의 무인은 도망갈 생각도 하지 못하고 다리에 힘이 풀려 자리에 주저앉았다.

"저, 저 사람은……!"

아니다. 빗나간 게 아니다. 저자는 아까 진자강에게 지옥으로나 꺼지라고 소리쳤던 자다. 그자의 미간을 정확하게 꿰뚫었는데 그걸 빗나갔다고 할 수가 있나!

덜덜덜.

뱁새눈의 무인은 온몸이 떨렸다. 그가 다시금 찾아온 공포감을 느끼며 진자강을 쳐다보았다. 진자강이 빤히 쳐다보고 있는데 그것이 마치 다음번에는 네 차례다, 라고 말하는 것 같았다.

"왜…… 내가 뭐라고 나 같은 걸 이렇게……."

뱁새눈의 무인은 억울해서 눈물이 다 났다. 무서웠다. 자기가 이런 대우를 받을 만큼 거물도 아닌데 왜!

第二章

본색(本色)

　백리중은 아까보다 얼굴이 굳은 채로 진자강을 노려보고 있었다. 손등이 시큰거리고 손목과 팔꿈치까지 핏줄이 두드러지게 불거졌다. 손을 몇 번 까딱이고 손목을 흔들고 나서야 부푼 핏줄이 가라앉았다.

　염왕의 강기 파괴술.

　천조섬절.

　고작 이 작은 부딪침이 전신을 꿰뚫는 고통을 가져왔다. 아주 잠깐 동안 백리중은 완전히 무방비가 되었다. 그런데도 진자강은 공격해 오지 않았다.

　여전히 진자강의 눈은 백리중이 아니라 뒤에 있는 뱁새

눈을 향하고 있다. 백리중의 심사를 일부러 긁고 있는 것이 아닌 이상에야 이 좋은 기회를 놓칠 리 없었다.

백리중은 오만하기 짝이 없는 진자강의 도발에 화가 치밀었다.

"감히……."

진자강은 백리중의 시선을 받고 뭐 어쩌라는 거냐는 듯 독침을 꺼내 들었다.

이제는 지켜보는 이들이 다 질릴 지경이다.

뱁새눈의 무인은 참다못해 소리 질렀다.

"제발 그만해! 왜 나한테 이러는 건데!"

진자강이 대꾸했다.

"죽이려고 그러는 겁니다. 아까부터 죽이려 했는데 몰랐습니까?"

뱁새눈의 무인은 잠깐 말문이 막힐 뻔했다.

"그걸 몰라서 묻는 게 아니고……!"

백리중이 고개를 돌려 뱁새눈을 노려보았다. 백리중의 눈에 담긴 분노를 접한 뱁새눈은 목소리가 목에 걸려 나오지 않았다.

백리중은 더 화가 났다. 이 멍청이들이 자꾸 말을 하면서 진자강의 심리전에 걸려들고 있지 않은가!

이 쓸모없는 것들! 닥치고 나에 대한 찬양이나 할 것이지!

순간 열 자루의 독침이 백리중을 스쳐 지나갔다. 백리중은 몸을 돌리며 힘껏 양팔을 휘저었다.

구풍멸악검을 맨손으로 펼쳤다.

콰아아아! 사람마저 휩쓸릴 정도의 회오리 같은 기류가 생겨나며 쏟아진 독침들이 모조리 되튕겨 나갔다. 아까처럼 직접 피부에 닿아 빗나가게 하는 실수는 하지 않으리라!

그러나 두 자루의 침이 비선십이지의 묘리로 멀리에서 커다란 반원을 그리며 구풍멸악검의 영향권 밖에서 돌아가고 있었다. 멍청한 뱁새눈은 독침이 자신에게 날아오는지도 알아채지 못하고 있었다. 놓아두면 순식간에 죽을 터이다.

백리중의 눈썹이 일그러졌다.

저 한 마리를 구하기 위해 몸을 움직여야 한다는 것인가? 지금 발을 떼면 진자강에게 진 것처럼 보이지 않겠는가.

아니, 잠깐. 진 것처럼 보이는 게 문제가 아니다.

만약 등을 돌린 순간에 진자강이 공격해 온다면?

허를 찔린 공격에 당황하는 모습을 보일 수밖에 없게 된다. 체면이 구겨질 것이다.

진자강이라면 당연히 그런 꾀를 부려 심적인 압박을 할 만한 놈이고!

백리중이 뱁새눈을 보며 인상을 썼다.

저따위 하찮은 놈을 구하기 위해 체면을 버리게 되다니!

한번 말리면 진자강 따위에게 계속 휘둘려야 하는 것이다. 그것이 얼마나 굴욕적인 일인지는 두말할 필요가 없었다.

하여 백리중은 크게 고민하지 않았다.

진자강의 꾐에 넘어가지 않으면 그만이다.

백리중은 아무 행동도 하지 않았다.

백리중이 방치한 대가는 뻔한 결과를 야기했다. 뱁새눈의 무인이 비명을 질렀다.

"끄아아아아! 끄아아"

양쪽 관자놀이에 독침이 박힌 뱁새눈의 무인이 처절한 몸부림을 치며 소리쳤다.

"살려 주세요! 살려 주세요!"

눈코입귀의 칠공에서 피고름이 줄줄 흘러나왔다. 살아날 수 있을 리가 없었다. 무인들이 기겁하여 뱁새눈을 피해 달아났다.

백리중은 뱁새눈의 비명을 귓등으로도 듣지 않았다.

진자강을 향해 가소롭다는 듯 말했다.

"그런 얕은꾀로 본인을 함정에 빠뜨리려 하다니. 본인이 그리 어리석어 보이느냐?"

진자강은 싸늘하게 백리중을 바라보고 있다가, 한참 후에야 되물었다.

"아직도 사태 판단이 잘 안 되나 봅니다?"

"뭐?"

백리중이 진자강의 시선을 따라 슬쩍 주위를 둘러보았다.

무림총연맹의 무인들이 이상한 눈으로 백리중을 쳐다보고 있었다.

단상에 있던 구대문파와 팔대무림세가의 수장들도 어이가 없어 했다. 당황스러운 기색이 역력하다.

왜 백리중은 구할 수 있는 자를 구하지 않았지?

내내 구할 수 있는 것처럼 행동해 놓고?

아까부터 하는 행동이 너무 이상하지 않은가……. 이랬다저랬다 기준도 없이 아무렇게나 내키는 대로 행동하는 듯하였다.

백리중이 그들의 의심스러운 눈빛에 고까운 표정을 드러내었다.

그럼 내가 너희 놈들 때문에 손해를 보란 말이냐? 웃음거리가 되라고?

진자강이 백리중을 불렀다.

"금강천검. 당신은 의아할 겁니다. 나는 잘못한 게 없는데 왜 저들이 그런 눈으로 볼까."

백리중이 낮은 목소리로 물었다.

"무슨 말이 하고 싶은 게냐."

"당신이, 당신의 생각이, 당신의 신념이 정상이 아니라서 그런 겁니다."

백리중은 크게 웃었다.

"또 헛소리로 어떻게든 나를 옭아매려 하는구나! 하나 그런 얕은 수작은 먹히지 않는다. 이미 이 자리에 온 모든 형제들이 너의 수작을 보았느니라! 지금도 한 줌 독수로 녹아 가는 형제들을 보고 울분을 토하고 있다. 어디서 세 치혀로 본인을 음해하려 드느냐! 여기의 그 누구도 너의 수작에 속지 않을 것임을 알라."

백리중의 말이 다른 이들을 더욱 혼란스럽게 만들었다.

형제형제 하는데 형제가 죽도록 가만히 내버려 두는 사람이 어디 있을까. 게다가 죽은 형제는 신경도 안 쓰고 제 말만 하고 있음에야…….

진자강이 침착하게 말했다.

"당신의 언행은 한참 전부터 괴팍했습니다. 하지만 본인은 이상한 걸 모르겠지요. 왜 그렇겠습니까?"

백리중은 코웃음을 쳤다.

"듣지 않아도 알겠구나. 내가 겁살마신에 먹혔다는 둥 또 그따위 망언을 하려는 것이겠지."

백리중의 눈에서 환한 정광이 새어 나오고 정순한 내공이 사방으로 뿜어졌다. 누가 보아도 순수한 백도 정파의 무공을 익힌 자처럼 보였다.

백리중이 내공을 담아 소리쳤다.

"보라! 본좌는 이미 신마일체로 인간을 초월하였다! 감히 범인의 비좁은 식견으로 본좌의 깊은 생각을 헤아리려 드는가!"

"한 가지 묻겠습니다."

진자강은 대답을 기다리지 않고 물었다.

"당신은 단기간에 몇 배나 내공이 진일보하였습니다. 어떻게 그리될 수 있었습니까?"

백리중이 코웃음을 치며 답했다.

"말했듯, 본좌는 신마일체를 이루었다. 그 동력은 네 악행을 꾸짖고 단죄하고자 하는 마음에서 비롯되었으니, 네게도 감사해야 하겠구나."

"내공이 늘어난 것으로 신마일체를 이루었다 생각하는 건 착각입니다."

"착각?"

백리중이 손가락을 까딱였다.

"오너라. 내 말이 거짓이 아님을 보여 주마."

진자강의 눈이 번뜩였다.

"증명할 기회를 주겠습니다."

"건방진 놈."

진자강이 땅을 박차고 튀어 나갔다.

쾅!

백리중은 자못 우아하게 손을 뻗어 허공을 움켜쥐었다. 진자강이 달려오는 공간이 와작 일그러졌다. 진자강의 허상이 구겨지고 진자강이 백리중의 등 뒤에서 등을 마주한 채로 나타났다.

역잔영 혼신법.

진자강이 뒤로 몸을 누이며 발을 올려 백리중의 뒤통수를 거꾸로 걷어찼다.

뻐억! 백리중이 왼팔을 들어 올려 막았다. 그러곤 팔로 진자강을 밀치며 바닥으로 눌렀다. 진자강은 땅에 등으로 떨어져서 빙글 돌며 백리중의 무릎을 거푸 걷어찼다. 백리중은 발을 떼지 않고 제자리에서 쓰— 읍! 하고 잇새로 숨을 들이쉬며 바로 아래로 일장을 뻗었다.

굉가부곡장!

우르르르르. 거대한 바위산이 무너지며 돌이 굴러가는 듯한 소리와 함께 진자강의 바로 위에서 장력이 쏟아졌다. 진자강이 피하지 않고 오히려 튕기듯 일어서며 몸을 낮추었다가 백리중의 턱을 주먹으로 가격했다.

콰아아아아!

아슬아슬하게 스쳐 간 굉가부곡장이 진자강의 뒤로 사람 열댓 명이 누울 수 있을 정도로 커다란 구덩이를 만들었다. 진자강이 뻗은 주먹은 백리중의 코앞으로 지나가고 있었다. 백리중의 머리카락이 진자강의 권이 일으킨 권풍에 바람에 나부끼듯 흩날렸다.

백리중이 진자강의 주먹을 피한 것은 명백하나 진자강은 그 상태에서 잠시 멈춘 채로 백리중을 쳐다보았다. 백리중도 빤히 진자강을 주시하고 있었다.

둘의 시선이 공중에서 마주친 가운데 백리중의 눈이 아주 잠깐 내려가 진자강의 하얀 손목을 보았다.

진자강은 한동안 팔을 거두지 않았다. 진자강의 입가에 작게 맺힌 미소에 백리중이 그제야 알겠다는 듯 힘껏 발로 진자강을 찼다. 진자강은 뒤로 훌쩍 물러났다.

백리중이 어처구니가 없다는 투로 껄껄 웃었다.

"나는 뇌부의 귀신이 부르는 갈증과 허기를 이미 극복한 지 오래다. 하찮구나, 보잘것없구나. 고작 이 정도로 내게 증명을 해 보이라 하였느냐? 내가 인육을 탐할 듯이 네 팔을 물기라도 바랐던 것이냐?"

진자강은 말없이 내공을 최대로 불러일으켰다.

옥허구광 오뢰합마공 구광제.

혼원.

고오오오. 극한까지 끌어 올려진 내공으로 인해 진자강
의 전신에 바람이 일었다.

백리중이 양팔을 교차하였다가 펴며 기수식을 펼쳐 냈
다. 권과 장을 뻗었다가 모으고, 검결지로 변환하며 굳건한
자세를 취했다. 힘껏 펄럭이는 옷깃과 함께 백리중의 내공
도 극도로 치밀어 올랐다.

옥허구광 오뢰합마공 구광제.

신마일체.

같은 분위기를 풍기는데 느낌은 전혀 달랐다. 진자강이
풀어내는 느낌이 그윽한 현기와 매서운 살기를 함께 지니
고 있다면 백리중의 내공에서는 따뜻하고 인자한 느낌만이
났다. 얼핏 불문의 제자라고 해도 믿어질 정도였다.

진자강이 양팔을 앞으로 교차시켰다. 손가락 사이에서
열 자루의 독침이 삐죽이 솟아 나왔다.

핑그르르르르!

그리고 거기에 다시 열 자루의 독침이 회전하는 독침들

의 사이로 튀어나왔다.

모두 스무 자루의 독침이 손가락과 손바닥, 손등을 오가며 빙글빙글 돌았다.

진자강이 양팔을 좌우로 펼쳤다. 핑그르르! 다시 열 자루의 독침이 소매에서 튀어나와 합류했다. 진자강의 손바닥과 손등을 타고 독침들이 살아 움직이는 것처럼 돌아다녔다.

그야말로 천지발패의 진수였다. 진자강에게 천지발패를 전수한 구북촌 하오문의 수장 오태도 한 수 접어야 할 수준이었다.

진자강은 한껏 어깨를 당겼다가 앞으로 떨쳐 내었다.

독침이 백리중을 향해 무더기로 쏟아졌다. 마구잡이가 아니라 한 수 한 수가 정교한 무리를 담고 있었다. 어떤 것은 일직선으로, 어떤 것은 포물선으로, 또 어떤 것은 뱅글뱅글 돌면서 궤적을 예측하지 못하게 날아갔다. 독침은 섬절과 비선십이지의 묘용이 적절히 합쳐져 그물처럼 백리중을 뒤덮고 전신 사혈을 노렸다. 백리중이 손을 하늘로 치켜들었다. 차고 있던 고검이 절로 뽑혀 백리중의 손에 쥐어졌다.

백리중의 손에서도 고절한 절기가 터져 나왔다. 백리중은 호흡을 멈추고 순간적으로 수십 차례나 허공을 베었다.

카가가각! 허공에 휘두르는데도 무언가가 걸리는 듯한 소리가 났다. 검을 휘두르는 속도가 워낙 빨라 검면이 마찰을 일으키며 순식간에 시꺼멓게 타고, 타서 생긴 그을음이 다시 공기에 긁히면서 벗겨지기를 반복했다. 그 과정에서 무수한 불꽃과 재가 휘날렸다.

공간이 갈기갈기 잘려서 그 안에 보이는 풍경조차 수백 개로 단차가 생긴 듯 일그러졌다. 날아들던 독침들이 모조리 잘게 잘려서 꽃가루처럼 흩어졌다.

한데 그 와중에 뭔가 불편함을 느낀 백리중의 눈썹이 꿈틀거렸다.

'스물아홉!'

진자강의 수법은 교묘했고, 독침은 정신없이 쏘아졌다. 그러나 백리중은 그 하나하나를 보고 숫자를 세었다.

날아온 건 서른 자루가 아니라 스물아홉 자루였다.

나머지 한 자루는?

왼쪽! 백리중은 미세한 살기의 기척을 알아챘다.

쉬이익! 왼쪽 시야의 바깥에서 빠른 점 하나가 긴 포물선을 그리며 날아든다.

그리고 동시에 자신의 오른편으로는 진자강이 비스듬히 달려들고 있었다.

"뻔한 수작!"

백리중은 맨손으로 독침을 쳐 내려다가 진자강의 비침술에 고통을 주는 수법이 있음을 자각했다. 하여 팔을 반대로 교차했다가 검을 바꿔 쥐고 왼쪽에서 날아오는 독침을 구풍멸악검의 검풍으로 걷어 냈다. 그리고 동시에 오른손으로는 굉가부곡장으로 막대한 내공을 뿜어냈다. 진자강이 굉가부곡장을 자신의 장으로 맞상대했다.

하나 손바닥끼리 닿기도 전에, 백리중은 팔꿈치에서부터 몸 전체가 깨져 나갈 것 같은 통증을 느꼈다.

쩡!

팔꿈치의 뼈에 침 한 자루가 틀어박혔다.

독이야 버틸 수 있겠지만 천조섬절의 극심한 고통으로 팔꿈치부터 손가락까지 내공이 일순 이어지지 않았다. 진자강이 힘이 빠진 백리중의 손바닥에 자신의 장을 맞대어 장력을 쏟아냈다.

백리중의 팔꿈치가 우득 소리를 내며 반대 방향으로 꺾이려 하였다. 팔뚝의 혈관들이 부풀었다. 진자강의 장력에 금방이라도 팔이 꺾여서 부러질 것 같았다.

"크아앗!"

백리중이 기합을 지르며 팔에 내공을 강제로 불어 넣었다.

드드드드! 둘의 팔이 진동하며 떨렸다. 어거지로 불어 넣은 내공이 미리 선점하고 있던 진자강의 내공을 밀어냈다. 진자강의 손바닥이 백리중의 손바닥에서 살짝 떨어졌다. 진자강의 내공도 결코 적지 않다는 걸 생각하면 백리중의 내공 양은 그야말로 무식할 정도로 많은 것이었다.

잠시 손바닥이 떨어진 틈에 백리중이 급하게 팔을 회수하며 몸을 뺐다. 팔이 부러질 뻔한 건 막았어도 고통은 그대로였다.

진자강이 놓치지 않고 그대로 따라붙으며 중얼거렸다.

"스물아홉이 아니고, 서른 하나."

"이놈이……!"

검으로 베기에는 너무 가까웠다. 백리중은 아픈 손을 당기고 반대쪽 손으로 검을 던졌다. 진자강이 고개를 틀어 검을 피하자 손가락을 튕겼다. 날아갔던 검이 돌아와 진자강의 뒤통수를 노렸다. 진자강은 발돋움을 해서 뛰어올랐다.

백리중이 장을 뻗었다.

우르르르! 우르르르!

백리중은 내공의 소모가 심한 굉가부곡장을 숨 쉬듯 아무렇지 않게 난사했다. 진자강이 수라진경을 뻗어 바닥에 박아 가면서 허공에서 자유롭게 몸을 틀었다. 굉가부곡장이 진자강을 맞추지 못하고 사방으로 날아갔다.

펑! 펑!

독기며 시신들이며 녹아내린 피 웅덩이며 할 것 없이 바닥이 터지며 통째로 쓸려나갔다. 두꺼운 판석조차 삶은 콩처럼 으깨지면서 떠올랐다. 온갖 오물들이 공중에 퍼져서 무인들에게로 쏟아졌다.

"으와앗!"

"으아!"

무인들이 사방으로 달아났다. 진자강이 일으킨 바람은 독기만 날아왔는데, 백리중이 막대한 위력으로 퍼부은 장력은 더 끔찍한 것들까지 죄다 날려 보내고 있었다. 뒤에 있는 이들을 전혀 배려하지 않은 수법이었다.

대연무장의 일부는 운석이라도 떨어진 듯 쑥대밭이 되었다. 그러나 진자강은 여기저기로 수라진경을 쏘아 내며 미려하게 움직여 모든 굉가부곡장을 피해 냈다. 너무 바싹 달라붙어 있어서 쉽게 떨쳐 낼 수가 없었다. 거기에 역잔영 혼신법이 섞여서 눈으로는 도저히 움직임을 따라갈 수 없었다.

백리중은 내공을 사방에 퍼뜨려 거미줄을 쳤다. 퍼도 퍼도 한없이 샘솟는 막대한 내공을 이용한 방법이었다. 진자강의 기척이 드디어 백리중의 감각에 걸렸다. 백리중이 물러나다가 뛰어올라 연신 진자강을 걷어찼다. 발차기 한 번 한 번에 바위도 부술 수 있는 위력이 담겼다. 공기마저 터지면서 진자강을 방해했다. 진자강이 백리중의 발끝을 손가락으로 짚었다.

촌경!

뻐엉. 백리중의 발이 튕겨 나갔다. 내공이 워낙 깊어 그 자체로 금강불괴에 가까운지라 촌경으로도 큰 부상을 입히진 못했다. 내공으로는 대불도 백리중의 상대가 되지 못할 것임이 분명할 정도였다.

진자강의 손가락도 반탄력에 튕겼다. 백리중이 내공의 힘을 빌려 억지로 몸을 틀며 거푸 발을 차려 했다. 그러나 순간 발이 당겨지며 중심이 흐트러졌다. 진자강이 촌경을 짚었던 발에 어느새 수라진경이 감겨 있었다. 백리중의 내공이 어찌나 심후한지 수라진경조차 살을 파고들지 못했다. 그러나 자세를 흐트러뜨리기엔 충분했다. 백리중이 공중에서 자세가 흐트러진 채 진자강에게 끌려갔다. 동시에 진자강의 주먹이 백리중의 턱에 작렬했다.

으직!

턱이 어긋나는 소리와 함께 백리중의 목이 돌아갔다. 몸이 뒤로 튕기듯 날려졌다.

휘리리! 백리중이 정신없이 날려가는데 이번에는 팔까지 수라진경이 휘감았다. 진자강은 백리중의 팔과 다리에 감긴 수라진경을 힘껏 당겼다.

백리중은 날려지다 말고 다시금 끌려왔다.

쾅! 진자강이 백리중의 얼굴을 후려쳤다. 백리중은 또다시 뒤로 날려갔다. 진자강이 재차 수라진경을 당겨 백리중을 끌어당겼다.

쾅!

백리중은 정신없이 맞고 날아갔다가 당겨지며 거푸 세 번을 맞았다. 진자강이 다시 수라진경을 당겼을 때, 백리중은 노하여 억지로 독침이 꽂힌 팔꿈치를 접었다. 팔꿈치 뼈에 박힌 침이 구부러지면서 강제로 튕겨 나갔다.

백리중이 우악스럽게 양손을 합쳤다. 백리중의 바로 앞 공간이 일그러졌다. 그러나 진자강은 벌써 훨씬 더 높이 뛰어올라 백리중의 공격을 피해 내고 있었다. 백리중을 뛰어넘어 수라진경을 당겼다. 백리중이 공중으로 딸려 왔다. 진자강은 어깨에 수라진경을 메고 업어쳐서 백리중을 그대로 바닥으로 내던졌다.

쾅! 백리중이 바닥에 대자로 뻗어 박혔다. 진자강이 한 바퀴를 돌아 뛰어내리면서 백리중의 복부를 무릎으로 찍었다. 늑골에서도 뚜둑 소리가 났다.

"커흑!"

백리중이 신음 소리를 토했다. 진자강은 팔꿈치로 백리중의 머리를 내려쳤다.

쾅! 쾅! 팔꿈치로 가격할 때마다 백리중의 머리가 바닥에 파묻히면서 흙먼지가 풀풀 피어올랐다. 백리중이 손을 뻗었다. 굉가부곡장으로 막대한 기의 파동이 수직으로 쏘아졌다. 진자강은 벌써 뒤로 물러난 채였다. 백리중에게 연결된 수라진경은 그대로였다. 아니, 오히려 목에 한 줄이 더 감겨 있었다.

진자강이 착지하며 수라진경을 당겼다. 바닥에 박혀 있던 백리중이 뽑혀서 질질 끌려왔다. 백리중은 머리부터 끌려가다가 몸을 돌려서 발바닥을 바닥에 박고 천근추로 버텼다. 진자강이 발돋움을 했다. 그러자 오히려 백리중이 진자강을 당기는 셈이 되었다. 진자강은 자신의 힘까지 더해 폭발적인 속도로 날아와 백리중의 턱을 올려 찼다. 백리중이 고개를 틀자 턱이 아닌 광대에 틀어박혔다.

뻐걱! 백리중의 상체가 휘청하며 옆으로 기울었다.

턱, 진자강이 백리중의 머리채를 잡고 연거푸 무릎을 올렸다. 그때마다 백리중의 머리가 세차게 흔들렸다. 백리중이 힘껏 팔을 휘저어 진자강을 떨치려 했다. 진자강은 백리중의 목에 감긴 수라진경을 잡고 몸을 미끄러뜨리듯 회전하여 백리중의 뒤로 돌아갔다. 그러곤 백리중의 머리를 잡고 뒷목을 무릎으로 강하게 찍었다. 목과 머리통을 잇는 틈새의 풍부혈에 진자강의 무릎이 정확히 꽂혔다.

뚝!

무언가 끊어지는 듯한 소리가 나며 백리중의 눈이 넘어가려 하였다. 흰자위가 눈을 뒤덮었다. 얼굴 근육이 경직되어 눈꼬리가 파르르 떨렸다.

"끄윽……."

무림총연맹의 무인들이 눈을 휘둥그레 떴다.

"어어……?"

믿을 수가 없었다. 백리중이 그리 자신 있어 했는데, 이렇게까지 일방적으로 진자강에게 맞을 줄은 몰랐다. 물론 맞고는 있어도 거의 부상은 입지 않은 듯 보이니 지고 있다고는 할 수 없다.

하나 매우 불안한 건 사실이었다.

심지어 백리중은 아까부터 이상한 행동을 하고 이상한 말을 하였다.

아무리 고수가 되었다 해도 그렇지, 백도무문의 수장이 마도를 뛰어넘어 신마일체가 되었네…… 뇌부의 귀신이 부르는 허기를 극복했네…… 하는 따위의 말을 하는 건 잘못되지 않았는가.

그건 오히려 진자강이 내세운 명분을 뒷받침하는 반증이 되고 있는 꼴이었다.

백리중은 지금의 상황을 믿을 수가 없었다.

무암 존사부터 해서 북리검선, 대불 범본, 그리고 백리장의 수많은 고수들에 이르기까지. 그들을 통해 쌓은 내공은 지극했다. 천일 밤낮을 싸워도 지치지 않을 정도의 내공이었다. 세상에 그 누구도 자신을 이기지 못할 거라 생각했다.

그런데…… 아직도 독룡 따위를 찍어 누르지 못한다고?

이 내가?

설마, 여전히 부족한 것인가. 완전하지 못한 것인가. 지금보다 더 많은 내공을 가져야만 아무도 넘보지 못할 천하제일인이 될 수 있는 것인가?

백리중은 불현듯 깨달았다.

독룡은 최고의 먹잇감이다.

독룡을 취하면 그때야말로 완전무결한 천하제일인이 될 수 있다!

갑자기 극심한 허기가 졌다.

그르르르!

더 생각할 것도 없이, 백리중은 한껏 턱이 빠질 정도로 입을 벌려서…… 늘 하던 대로 앞에 있는 것을 덥석 물어 버렸다.

콱!

그러곤 고개를 마구 흔들어 살점을 찢으려 하였다. 질긴지 잘 뜯기지 않았다. 뜨거운 피가 울컥울컥 입안으로 흘러들어왔다.

맵고 아릿했다. 얼굴 전체가 화끈거려 정신이 번쩍 들 만큼.

뒤집어졌던 백리중의 눈동자가 돌아왔다.

그때에 백리중의 눈에 가장 처음 들어온 것은 웃고 있는 진자강의 얼굴이었다.

진자강은 백리중이 짜증 날 정도로 아주 만족스러운 표정을 짓고 있었다.

"내가 말했잖습니까."

진자강이 입을 오므려 소리 없이 뒷말을 내뱉었다.

당신, 정상이 아니라고.

백리중은 대꾸할 수 없었다. 할 말이 없어서가 아니라 진자강의 손목을 입에 물고 있는 때문이었다. 너무 힘껏 물어서 진자강의 팔이 입에 꽉 들어차 있어서다.

백리중은 천천히 눈알을 굴려 좌우를 살펴보았다.

방금까지 자신의 편을 들고 있던 자들이 조용해졌다.

눈이 마주치면 움찔하여 눈길을 피한다.

왼쪽을 보아도, 오른쪽을 보아도 마찬가지였다.

단상 위의 구대문파, 팔대세가 수뇌들은 더욱 끔찍한 것을 보는 표정으로 바라보고 있었다.

그러나 갑자기 멀쩡한 사람의 팔을 물어뜯은 미친 자를 보는 듯한 표정은 아니었다.

오히려 백리중을 책망하고 있었다.

이런 머저리! 이 사태를 어찌 수습하려고!

사실은 진자강이 제기한 의혹에 대해 어느 정도는 그럴 수 있다고 여겼다. 하나 무시했다. 어차피 백리중을 따르기로 한 이상, 무시해야 하는 것이 당연했다.

그러나 눈앞에서 이 같은 꼴을 보면 도무지 편을 들려 해도 들기가 어렵지 않은가!

하지만 방법이 없는 건 아니었다.

백리중이 드러낸 이 모든 모호함과 애매한 정황을 극복할 수 있는 방법은 있다.

진자강을 죽이는 것.

진자강만 죽이면 백리중은 그냥 백도 최고의 연합체 무림총연맹의 맹주로 남게 된다. 진자강은 마교도로서 죽고 자신들은 정파의 영웅으로 남는다.

그러니까 묻어야 한다.

입을 닫아야 한다.

진자강만 죽이면 그렇게 할 수 있다. 백리중이 행한 오늘의 일은 결코 밖으로 새지 않을 것이다.

누구도 이 자리에서 벌어진 일을 밖에서 떠들지 않을 것이다. 자신이 따르는 맹주가 괴물이라는 걸 말하면 자신도 괴물을 따르는 괴물이 될 뿐이다.

눈치 빠른 자 한 명이 소리쳤다.

"독룡을 죽여라!"

그것을 시작으로 다른 이들도 외쳤다.

"죽여!"

"절대로 살려 보내면 안 된다!"

"맹주시여! 정파를 위해서 독룡은 반드시 죽여야 합니다!"

모두가 한마음 한뜻으로 백리중을 연호했다.

"독룡을 죽여 무림을 지켜라!"

"독룡을 찢어 죽여!"

"살 한 점, 뼈 한 개 남기지 말고!"

저들의 모습은⋯⋯.

살기등등하게 죽이라고 외치는 모습이 지옥의 불구덩이에서 아우성치는 아귀와 다르지 않았다.

진자강은 묵묵하게 무인들을 쳐다보았다. 그들이 백리중을 연호하는 이유를 알고 있었다.

진자강은 고개를 끄덕였다. 그러곤 무인들에게서 시선을 돌렸다.

백리중이 입을 떼었다. 그러곤 천천히 눈알을 들어 진자강을 보았다. 진자강의 피를, 극독이라는 수라혈을 입에 흠뻑 묻힌 채 웃었다.

이제 어쩔 것이냐?

그렇게 눈빛으로 되묻고 있었다.

때로는 본질이나, 진실이 밝혀져도 그것이 올바른 기준으로 작용하지 않을 때에도 있는 것이다.

진실보다 더 큰 거악이 진실을 뒤덮고 진실인 양 행세하면 어느새 그것이 진실처럼 남게 되기도 한다.

바로 지금처럼.

백리중은 이 순간 이곳에 고르고 고른 자신들의 추종자만 남긴 보람을 느꼈다.

하나 진자강이 말했다.

"원하는 대로 되기엔 아직 한 가지 조건이 부족하지 않습니까?"

진자강의 입가에 비웃음이 맺혔다.

"당신이 나를 이기는 것."

백리중의 눈이 번뜩였다. 백리중이 진자강을 향해 할퀴 듯 손가락을 뻗었다.

쾅!

그러나 다음 순간 백리중은 머리를 강하게 타격당해 바닥에 엎어져 있었다.

어……?

백리중은 눈을 끔벅였다.

진자강이 말했다.

"금강천검. 아직도 모르겠습니까? 당신은 강해지지 못했습니다. 실력은 예전 그대로인데 내공만 비정상적으로 늘었을 뿐입니다. 예전에도 나를 이기지 못했는데, 그때보다 강해진 나를 당신이 이길 수 있을 것 같습니까?"

진자강은 이미 알고 있었다.

백리중은 매일 밤 내공을 퍼뜨려 진자강을 찾으려 하였지만 찾지 못했다. 내공은 극한에 이르렀으되 내공을 정밀하게 다루는 법은 부족했다.

그에 걸맞은 깨달음을 갖지 못해서다. 막대한 내공을 통해 어느 정도의 차이는 극복할 수 있어도, 근본적인 차이는 극복할 수 없었다.

진자강이 백리중을 향해 크게 호통쳤다.

"당신은 내가 만난 수많은 강자들 중에 가장 최약체이며! 동시에 최악의 쓰레기였습니다. 감히…… 이런 수준으로 강호를 넘보려 하였습니까!"

그르르르, 백리중의 속에서부터 늑대 울음이 흘러나왔다. 백리중이 바닥을 짚고 일어서려 하자 진자강이 백리중의 머리를 짓밟았다.

쾅!

백리중의 머리가 바닥에 처박혔다.

진자강이 노기가 잔뜩 어린 목소리로 말했다.

"당신은 이미 금강천검이 아닙니다. 내용물은 겁살마신에 먹혀 버리고 겉만 남은 빈껍데기이지."

백리중의 눈동자에서 흐르던 현기가 점점 사라지며 살기가 피어올랐다.

이대로는 안 된다. 백리중의 몸뚱이와 무공으로는 진자강을 이길 수 없다. 이 내공에 걸맞은 주체가 필요하다!

백리중은 끈을 놓았다. 이제야말로 완전함에 도달할 때가 되었다.

끝없는 허기에서 벗어날 때가 되었다.

"그르르르…… 그르르……."

백리중은 더 이상 부드러운 기운을 흘려 내지 않았다. 소름 끼치는 살기와 야생성이 완전히 백리중을 뒤덮었다.

죽인다. 눈앞에 있는 진자강만 죽이면 다시 시작할 수 있다. 혼자서라도 강호 전체를 뒤엎어 버리고 새 무림을 건립할 것이다!

진자강도 한 일을 자신이 하지 못할 리가 없다!

백리중의 눈동자가 뒤집히고 흰자위가 희번덕였다. 번개처럼 몸을 일으켜 진자강의 허벅지를 물려 들었다.

진자강이 튀어 오르는 백리중의 머리카락을 움켜쥐고 무릎으로 찼다. 백리중이 고개를 틀어서 귀가 찢어졌다. 그러나 백리중은 턱이 빠질 것처럼 입을 벌리곤 허벅지를 물었다.

콰악!

이가 박혔다.

진자강은 발을 뺄 생각을 전혀 하지 않고 백리중의 머리를 후려쳤다.

뻐억! 뻑!

물고 있을 테면 물고 있어 보라는 식이다. 한 손으로 머리를 붙들고 관자놀이를 장심 아래 가장 딱딱한 부분으로 강타했다. 뻑! 뻑! 백리중의 눈동자가 연신 흔들렸다.

보통 사람이면, 제아무리 고수라도 정신을 잃을 만한데 백리중의 눈빛은 조금도 줄어들지 않았다.

백리중은 이미 겁살마신에 완전히 먹혔다. 최후까지 남아 있던 일말의 인격도 지금은 남아 있지 않다.

통증에마저 둔감해졌다. 아니, 통증은 느끼지만 그보다 탐욕이 더 강했다. 통증을 무시할 정도로 탐욕이 강렬하여 끝까지 진자강의 허벅지를 놓지 않고, 정신마저 붙들고 있는 것이다.

식욕, 재물욕, 권력욕.

백리중은 그것들에 대한 집착을 억누르지 못하고 마침내 그것들을 취하는 자체가 존재의 목적이 되어 버렸다. 극단적인 탐욕 그 자체의 존재가 되었다.

진자강은 허벅지를 물리고 있음에도 냉정했다. 수라진경을 더 힘껏 조여 백리중의 목을 졸랐다. 백리중의 입이 억지로 벌어졌다. 뼈까지 닿아 있던 백리중의 이가 서서히 빠졌다.

진자강은 발을 빼면서 동시에 백리중의 머리를 눌렀다. 백리중이 머리를 흔들어 진자강의 손을 밀쳐 내곤 벼룩처럼 뛰어올라 진자강의 코를 물었다.

따악!

진자강이 고개를 뒤로 뺐다. 백리중의 이가 진자강의 코 바로 앞에서 꽉 맞물려 있었다. 백리중은 좌우로 턱을 움직여 빠드득빠드득 이를 갈았다. 이 끝이 갈려 나가면서 끝이 날카로워지고 있었다.

백리중이 코앞에서 진자강을 쏘아보며 그르르르, 울음소리를 냈다. 뾰족한 이 끝이 누르스름한 기운을 머금고 있었다. 다음에 물리면 이가 박히는 데에서 끝나지는 않을 것이다.

진자강은 그런 백리중을 빤히 내려다보며 말했다.

"너는 이제 완전히 인성을 버렸으니 지금부터 인간 취급을 하지 않겠다. 알겠느냐?"

백리중이 살기 띤 웃음을 지었다.

하나 그 웃음이 어색하게 굳었다. 무언가 잇새에서 이물감을 느꼈다.

진자강이 손가락으로 줄을 당겼다.

핑…….

수라진경의 줄 한 가닥이 백리중의 송곳니에 걸려 있었다. 놀란 백리중이 눈을 치켜떴다.

진자강이 백리중의 가슴을 걷어차며 손목을 튕겨 줄을 당겼다. 백리중이 급하게 입을 닫았으나 수라진경에 걸린 송곳니가 뽑혀서 허공에 떠올라 있었다.

"크아아아!"

백리중이 포효하며 입을 벌리고 진자강에게 달려들었다. 진자강은 발을 치켜들었다가 달려드는 백리중의 머리를 위에서 아래로 비스듬히 찼다.

쾅!

백리중의 머리가 세차게 옆으로 돌아갔다. 그러나 순식간에 다시 되돌아왔다. 점처럼 작아진 동공으로 진자강을 쳐다보며 이빨을 벌리고 달려들었다. 진자강이 뒤로 물러나며 주먹으로 얼굴을 치고 손바닥으로 이마를 밀었다.

퍽! 퍼억! 백리중의 머리가 연신 흔들렸다. 코피가 터졌다. 송곳니가 뽑힌 입에서도 대량의 출혈이 있었다. 백리중의 얼굴이 피투성이가 되었다. 그러나 여전히 큰 중상은 없다. 희번덕대는 눈빛조차 조금도 줄어들지 않았다.

맞는 것을 두려워하지 않는다.

그러나 진자강도 때리는 것을 두려워하지 않았다. 목줄을 강하게 틀어쥐고 백리중의 머리를 좌우로 비껴 내면서 쉬지 않고 강타했다.

뻐억 뻑! 백리중은 벌써 수십 대를 맞았다. 다른 고수들이었다면 이미 머리가 박살 나고도 남았다. 그러나 백리중은 타격보다도 목에 걸린 수라진경 때문에 마음대로 움직이지 못하는 것에 더 화가 난 듯했다.

백리중이 신경질적으로 목과 팔에 걸린 수라진경을 맨손으로 잡아챘다.

그르르, 그르르르!

진자강도 수라진경에 내공을 넣어 힘껏 당겼다. 수라진

경이 팽팽해졌다. 그럼에도 맨손으로 잡은 백리중의 손가락을 자르지 못했다.

크아아아!

백리중의 전신 근육이 터질 듯 부풀었다.

뚝!

백리중이 마침내 수라진경을 맨손으로 끊어 냈다. 어마어마한 신력이다. 진자강은 당연히 보고만 있지 않았다. 백리중이 수라진경을 끊어 내는 사이 달려들어 배에 손가락을 짚었다.

투학! 백리중이 입고 있던 옷이 조각조각 터져 나갔다. 백리중은 거의 사오 장이나 날아가 바닥을 나뒹굴었다. 하나 무슨 일이 있었냐는 듯 벌떡 일어나서는 진자강을 향해 부르짖었다.

그르르르르……!

순간 이미 진자강이 백리중의 코앞까지 달려와 있었다. 진자강은 백리중의 머리를 잡고 인중에 무릎을 꽂아 넣는 중이었다.

와작!

연한 잇몸이 뭉개지며 **이빨**들이 비틀렸다. 두 번째로 찍어 찼을 때에는 여지없이 **이빨**이 부러져 나갔다. 깨진 **이빨**들이 사방으로 튀었다.

크아아아아!

백리중이 고통스러운 비명을 지르기도 전에 백리중의 머리를 잡은 진자강의 손에서 연기가 피어올랐다.

작열쌍린장!

치이이이! 백리중의 내공이 반발하여 살갗은 크게 다치지 않았다. 불그스름해지는 정도에서 그쳤다. 그러나 백리중은 정신을 차리지 못하고 눈을 감은 채 진자강을 떨쳐 내려 팔을 휘저었다.

진자강은 한 발 물러섰다가 백리중의 배를 강하게 차올렸다. 백리중이 허공에 뜨자마자, 딸깍 소리를 내며 진자강의 팔목에서 수라진경이 풀려나왔다.

수라진경이 허공으로 떠올라 나풀거렸다.

수라진경, 사십가수 절명사.

진자강이 내공을 폭발시키듯 수라진경에 불어 넣었다.

수 · 라 · 멸 · 세 · 혼!

콰아아아!

수라진경의 모든 실들이 허공을 휘몰아쳤다. 진자강의

전면을 휩쓸며 모든 것을 찢고 가루로 만들며 백리중을 휘감았다.

백리중이 양팔로 앞을 막았다. 모든 내공을 뿜어내어 호신강기를 펼쳤다.

콰드드드득! 드드드득!

거친 굉음과 함께 호신강기가 뭉개지며 백리중의 옷이 발기발기 찢겨 나갔다.

콰아아아─!

백리중은 길게 날아가 바닥을 구르고 엎어졌다. 옷은 걸레짝이 되고 팔이며 다리, 몸에는 시뻘겋게 수라진경이 스친 자국들이 남았다. 수라멸세혼에서 그 정도로 살아남은 것도 용할 지경이었다.

백리중은 땅을 짚고 일어서려다가 비틀거리고 다시 주저앉았다.

진자강이 백리중을 향해 손가락을 까딱이며 말하였다.

"일어나라."

백리중은 진자강을 노려보며 **이빨**이 모두 깨져서 피투성이가 된 입으로 늑대의 울음소리를 냈다.

그르르르르.

무림총연맹의 무인들은 큰 충격을 받았다.

진다…….

백리중이 패배한다…….

분명히 본색을 드러내어 가진 힘을 모두 쓰는 것 같은데도, 여전히 진자강에게 상대가 되지 않는다.

심지어 이제는 아까보다 점점 더 피해가 커지고 있다.

무인들은 안절부절못하였다. 어찌해야 할지 알 수가 없었다.

아무리 좋게 봐줘도 백리중이 이길 수 없어 보인다.

이대로 백리중이 진다면 자신들은 어찌 되는가!

묵직한 침묵이 가라앉은 가운데.

"개새끼……!"

누군가 욕설을 했다. 그러나 그건 진자강을 향한 게 아니었다.

"이길 수 있다고 호언장담을 뻥뻥해 댔으면 이겼어야지……. 우린 어쩌라고."

억울함과 원망이 담긴 목소리가 이어졌다.

지금 대부분이 같은 생각을 하고 있을 터였다.

백리중이 질 수는 있다. 질 수도 있다. 그러나 이대로 질 거면 저런 모습으로 죽어선 안 되었다.

아무리 재화와 권력을 좇는대도 사람이 아닌, 사람을 잡아먹는 짐승을 섬겼다는 소리는 듣고 싶지 않았다.

천하의 기둥인 소림사마저 한때 무림을 탄압하려는 황궁에 의해 박해를 받은 적이 있었다. 끽채사마(喫菜事魔) 혹은 흘채사마(吃菜事魔)라 하여 육식을 하지 않고 채식만 하며 마를 섬긴다는 이유였다.

채식만 한대도 이상하게 여기며 마도로 몰아갔는데, 하물며 사람 잡아먹는 짐승을 따랐다는 사실은 오죽하겠는가!

진자강은 오늘의 승자가 될 것이고, 사람 잡아먹는 짐승을 따른 자신들은 자자손손 마도의 종자로 취급받게 될 것이다.

그제야 후회하는 이들이 나왔다.

"독룡의 말이 맞았어."

"백리중, 저 괴물이 모든 일의 원흉이었어."

"우린 속은 거야, 속은 거라고."

第三章

멸절(滅絕)

    무인들은 단상으로 시선을 보냈다.

    사실상 자신들이 지금의 사태를 수습하기는 어렵다. 단상에 있는 구대문파와 팔대무림세가의 수뇌들이 어떻게든 이 사태를 수습하여 주기를 바랐다.

    하나 단상 위의 자들도 난감하기는 마찬가지였다. 본래부터 타인을 이끌 수 있는 올바른 자격을 갖추고 그 자리에 있는 것이 아니다. 책임감은 일말도 없이 더 큰 이득을 보기 위해 그 자리에 있을 뿐인 것이다.

    단상 위의 서로가 눈치를 보았다. 어차피 이래 죽으나 저래 죽으나 마찬가지이나 먼저 나서기엔 용기가 필요했다.

그러던 중에 천인문의 문주가 "에이! 쌍!" 하고 거친 욕설을 내뱉으며 소리쳤다.

"우리 모두는 속았소! 대협객인 척하는 저 가증스러운 괴물에게!"

다른 이들의 얼굴에 화색이 돌았다. 그제야 다른 문주와 가주들이 말을 보태며 끼어들었다.

"그렇소이다! 이제라도 순리를 바로잡아야 하오!"

"늦지 않았소. 독룡을 도와 괴물을 처치하고 강호의 정의를 세웁시다!"

무인들이 함성을 질렀다.

"와아아아!"

"독룡 만세!"

"백리중을 죽이자!"

절박한 외침들이 터져 나왔다. 어찌나 절박했는지 피를 토하는 듯한 목소리를 내며 백리중이 내세운 기치를 정신없이 외치는 자들도 있었다.

"협의불원 사마멸진! 강호평평 태도관처어엉—!"

아미파의 여승들까지 나섰다.

"독룡 대협! 우리는 이미 안면이 있지 않습니까. 한때 저 간악한 자의 꾐에 빠져 판단이 흐려졌으되, 그 잘못은 모두 저자에게 있습니다."

"부디 대의를 먼저 생각하시어 우리의 허물을 용서하십시오."

남궁가에서도 급히 끼어들었다.

"대협께서 본 가의 어른인 검왕을 모시고 계시니 우리는 피를 나눈 형제 가문과 같소이다. 우리가 잠시나마 대협의 협의지심을 의심한 것을 사죄하오. 부디 하해와 같은 아량으로 대의를 먼저 생각하여 주시오."

다른 문파들도 아우성을 쳤다.

"지금은 과거의 원한을 논하기보다 강호의 대악인 백리중을 함께 죽이는 것이 더 급하오!"

"우리가 함께라면 충분히 강호에 정의를 바로 세울 수 있을 것입니다!"

다들 난리가 났다.

공동파의 문주 곤운십절(坤雲十絶)이 검을 뽑아 들고 가장 큰 소리로 외쳤다.

"놈을 잡는 것은 우리 공동파가 앞장서겠으니, 동도들은 우리를 따라 마귀를 척살하도록 합시다!"

"와아아!"

"와아아아!"

"공동파 만세! 독룡 만세!"

억겁을 굶주린 수천 아귀들의 사이에 닭 한 마리를 던져 넣으면 이런 모습이 될까?

진자강은 손을 내리고 그들의 모습을 바라보았다.

방금까지 저들은 자신을 죽이라고 악을 썼다. 악의 섞인 살의를 진자강에게 던져 댔다. 거기에는 명분도, 누구나 이해할 만한 이유도 없었다.

그저 자신들이 살기 위해, 성공하기 위해 물어뜯을 대상이 필요했던 것뿐이다.

그게 처음엔 진자강이었고.

지금은 백리중이 되었다는 것만이 달라졌을 뿐.

바르르.

소름이 끼쳤다.

약문 일파가 저 아귀들의 손에 던져져 뜯어 먹히던 광경이 눈에 선했다.

진자강의 손가락이 떨렸다. 손가락 끝에서 시작된 소름이 전신으로 번져서 몸 전체가 떨렸다…….

백리중은 갑작스러운 함성 소리들에 눈을 치켜뜨고 좌우를 두리번거렸다.

그르르……. 이성이 남아 있지 않다 하더라도 분위기는 안다. 오히려 야생성이 극도로 높아져 분위기에 민감하다.

자기를 향해 쏟아지는 적대적인 분위기를 감지한 것이다.

무인들은 함성을 지르면서도 조마조마하게 진자강의 눈치를 살폈다.

그들의 표정은 매우 간절했다. 이보다 간절할 수 있을까 싶을 만큼 애절하게 진자강만을 바라보고 있었다. 지금 이 순간 그들의 생사를 결정하고 그들을 구원해 줄 수 있는 것은 오직 단 한 명, 진자강뿐이었다.

그러니 진자강의 눈치를 보는 것이 당연했다.

죽은 자를 제외한, 죽어 가는 자들과 산 자들이 모두 진자강을 주목했다.

수천 명이 보내는 간절함의 시선이 진자강에게 쏟아졌다.

"……."

"……?"

한데…… 무림총연맹의 무인들은 또다시 당황했다.

진자강이 그들을 한 명 한 명 돌아보는데 눈에 눈물이 맺혀 있는 게 아닌가?

조금씩 차올라서 마침내 눈물이 떨어지기 직전이었다.

진자강은 갑자기 자리에 무릎을 꿇었다.

그러곤…….

토하기 시작했다.

"우우욱! 우우우욱!"

진자강은 내장에 있는 것을 모조리 비워 버릴 것처럼 격렬하게 구토했다.

무림총연맹 무인들은 이유를 알 수 없어서 어리둥절했다. 혹시 진자강이 백리중에게 큰 부상을 입어서 저러는 게 아닌가 겁이 덜컥 나기도 했다.

그러면 다시 백리중 편을 들어야 하는 거 아냐?

지금은 갈팡질팡하며 진자강을 주목할 수밖에 없었다.

진자강은 나올 것이 없을 때까지, 너무 심하게 토해서 피까지 뱉어 낸 뒤에야 입을 열었다.

"대불은…….."

진자강이 말했다.

"대불은 아귀왕의 치밀한 계획으로 만들어진 총아였습니다. 대불은 아귀왕 계획의 완성점이었습니다."

크게 않은 목소리였지만 모두가 듣고 있었다. 진자강의 말을 놓칠 수가 없는 탓이다.

"그러나…… 백리중은 다릅니다. 그는 아귀왕의 계획에 개인의 짙은 탐욕이 더해져 만들어진 부산물에 불과합니다. 성공하기 위해 수단 방법을 가리지 않고 처가마저 몰살시킨 그의 탐욕이 극대화된 부산물입니다."

무림총연맹에 모인 무인들의 눈에 의아함이 떠올랐다.

진자강이 입을 닦으며 고개를 들었다.

"당신들은 어떻습니까?"

무림총연맹의 무인들이 진자강을 빤히 바라보았다.

그런데?

그런데 뭐 어쩌라고?

진자강은 아랫입술을 질끈 깨물었다. 자신을 바라보는 이들에 대한 역겨움이 그대로 드러났다.

진자강이 그들의 손에서 벗어나자마자 아귀들은 백리중에게로 몰려들었다.

"당신들은 부산물에 기생하는 또 다른 부산물의 찌꺼기입니다. 이익을 위해서는 남을 함부로 모함하여 죽이고, 자신이 살기 위해서는 남을 죽이는 것도 전혀 아무렇지 않게 생각하는."

빠드드득!

진자강이 이를 씹었다. 살기가 줄기줄기 뻗어 나왔다.

빠직, 빠직.

진자강이 밟고 있던 바닥의 판석에 금이 갔다. 진자강을 중심으로 바닥의 균열이 퍼져 나가기 시작했다.

백화절곡을 비롯한 수많은 약소 문파들의 무인들이 아무 이유도 없이 죽어 가야 했던 또 다른 이유가 여기에 있었다.

쩡! 진자강이 밟고 있던 바닥의 판석이 깨졌다.

진자강의 충혈된 눈에서 핏빛 눈물이 흘렀다.

"당신들이 살아 있는 한, 그 같은 일은 반복되고 또 반복될 것입니다. 그러므로 나는……."

펑! 퍼어엉! 펑!

금이 가던 판석과 바닥들이 연이어 터져 나가기 시작했다.

진자강의 분노가 극에 달했다.

"절대로, 너희들을, 단 한 놈도 살려 보내지 않겠다."

진자강의 선고를 들은 무림총연맹의 무인들의 얼굴이 극도로 일그러졌다.

변명하려는 자, 설득하려는 자, 진자강을 욕하는 자, 절망에 빠진 자……. 순식간에 무인들은 아비규환 속에서 아우성을 쳤다.

그 순간에 백리중이 움직였다. 진자강이 주시하지 않는 틈에 본능적으로 자신보다 약한 자를 취하려 하였다. 조금이라도 더 강해져서 진자강에 대항하기 위함이었다.

"으아아아!"

무인들은 백리중이 달려드는 줄 알고 깜짝 놀라 피했

다. 칼을 들어 싸우려는 자도 있었지만 백리중의 기괴한 눈빛과 살기에 손이 떨려서 제대로 휘두를 수도 없어 보였다.

그때 진자강이 수라진경을 당겼다. 백리중이 앞으로 가지 못하고 뒤로 당겨져 굴렀다. 아직 발에 묶여 있던 수라진경 한 가닥이 남아 있었다.

"어딜 가느냐."

싸늘한 살기가 어린 진자강의 목소리였다.

백리중이 끌려가지 않으려고 손가락을 바닥에 박고 버텼다. 그런데도 질질 끌려갔다.

그 광경을 본 공동파의 문주 곤운십절은 망설였다. 공동파는 선두에 있었기에 백리중과 가장 가까이 있었다.

어차피 진자강은 자신들을 다 죽일 셈이다.

진자강의 손에서 벗어나 그냥 달아나는 건 무리.

그러나 지금이라면…….

곤운십절이 망설이다가 제자들에게 눈짓했다.

곤운십절이 몸을 날려 백리중을 향해 검을 뻗었다. 제자들도 함께 백리중에게 달려들었다.

"끊어라! 그래야 우리가 산다!"

공동파의 절기, 검강마저 깃든 검들이 백리중을 향해 날아들었다.

그러나 목적은 백리중을 죽이는 게 아니었다. 백리중의 발목을 묶은 수라진경이다. 수라진경을 재빨리 끊어서 백리중을 자유롭게 풀어 준 뒤, 그가 다른 자들을 죽이든 진자강과 싸우든 난동을 피우는 사이에 달아날 셈이다.

아무래도 진자강의 최우선 적은 백리중이지 자신들은 아니지 않은가.

그르르르.

백리중이 검강의 느낌에 고개를 돌리고 이를 드러내더니 바닥을 빙글 돌아 자신의 발에 걸린 수라진경을 양손으로 잡았다. 전신 근육이 팽팽하게 부풀어 올랐다.

그러곤 그것을 아까와 마찬가지로 끊어 버렸다.

뚝!

공동파 무인들의 심장이 철렁했다.

"윽!"

이러면 괜히 백리중에게 달려든 꼴이 되었다. 그나마 진자강이 백리중을 죽이기 전에 백리중이 스스로 구속을 벗어난 걸 다행이라고 해야 할까.

아니, 결코 다행이 아니었다.

곤운십절과 공동파 제자들을 본 백리중의 눈이 희번덕였다. 먹잇감을 발견한 눈빛이었다.

백리중이 곤운십절을 향해 달려들었다.

곤운십절은 예상이 완전히 달라져서 이제 와 물러설 수도 없게 되었다. 최소한 한칼은 먹이고 몸을 뺄 수밖에 없다.

"죽어라!"

공동파의 무간구마검(無間驅魔劍)!

검강이 쾌속하고 날카롭게 백리중의 허리로 날아들었다. 입으로는 죽이라고 했는데 죽으라고 뻗은 검이 아니다. 어떻게든 조금이라도 상처를 내고 빠지려는 수다.

때문에, 백리중은 곤운십절의 공격을 무시했다.

치이이! 검강이 백리중의 허리를 살짝 빗나갔다. 검강이 백리중의 몸에 둘러진 강력한 호신기공을 태웠지만 부상은 조금도 입히지 못했다.

백리중은 곤운십절을 뛰어넘어 공동파의 다른 무인들을 덮쳤다.

후욱!

백리중이 마구 손을 뻗었다. 굉가부곡장이 준비도 없이 수차례나 발출되었다. 굉가부곡장을 막거나, 맞거나 아무런 상관없이 신체가 쓸려 나갔다.

몇몇은 겨우 굉가부곡장의 범위를 피해 백리중을 공격했다. 백리중이 맨손을 휘둘렀다. 공동파 무인의 검기는 백리중의 손가락에 걸리면서 뚝뚝 부러지고 검신마저 동강 났다. 손가락에서 뿜어진 지풍이 검기처럼 무인들을 할퀴었다.

"으아아악!"

몸이 썩 썩 잘려 나갔다.

무인들은 소름이 끼쳤다. 진자강에게 무기력할 정도로 당하기에 백리중의 무력이 진짜인지 우습게 보는 마음도 있었다. 그러나 절대 아니었다. 백리중이 초식을 무시하고 휘두르는 팔은 검보다 빨랐고, 검기보다 강했으며, 검강마저 튕겨 냈다.

순식간에 공동파 무인들 십여 명이 도륙되었다.

백리중이 피를 뒤집어쓰고 포효했다.

우우우우우우!

곤운십절이 악을 쓰며 달려들었다.

"이노오옴! 이 잔악한 놈!"

백리중이 몸을 돌리는데 입가에 긴 미소가 걸려 있었다.

피에 미친 마귀.

그건 진자강이 아니라 백리중이었다.

백리중이 팔을 횡으로 휘둘렀다. 공간이 수평으로 갈렸다. 곤운십절의 검과 백리중이 뻗어 낸 팔이 부딪쳤다. 검강은 사그라들지 않았으나 검을 쥔 곤운십절의 손아귀가 찢어졌다. 검이 크게 휘청이며 곤운십절의 손에서 튕겨졌다. 백리중의 팔은 조금도 속도와 위력이 줄지 않았다. 곤운십절은 기겁하여 바닥으로 벌러덩 누워 버렸다.

쿠아아아아! 그가 서 있던 자리로 백리중의 손이 지나가며 공간이 이분되었다. 곤운십절이 서 있었다면 그의 몸도 똑같이 되었을 것이다.

곤운십절은 누운 채로 백리중의 무릎을 찼다. 뻐억! 고목나무도 부러뜨릴 만한 위력이 있었으나, 오히려 찬 쪽인 곤운십절이 발바닥에 고통을 느꼈다.

백리중이 발을 들어 곤운십절의 넓적다리를 짓밟았다. 곤운십절은 살을 주고 뼈를 취하는 심정으로, 반대쪽 발로 백리중의 고간을 찼다. 자신은 다리 하나가 박살 날 테지만 백리중은 사타구니가 터져 남자 구실을 못 하게 될 것이다!

어떤 무인이라도 남자라면 주춤할 만하다.

그런데 뜻밖에도 백리중은 전혀 아랑곳 않고 그대로 밟아 버리는 것이 아닌가!

곤운십절의 다리뼈가 비명을 질렀다.

빠직!

뻐억! 백리중의 고간에서도 둔탁한 소리가 났다.

"끄으으아아아!"

그러나 백리중은 멀쩡했고 비명을 지르며 구른 것은 곤운십절이었다. 넓적다리가 납작하게 짓이겨져 있었다. 곤운십절도 구대문파의 고수이므로 그 정도에 정신줄을 놓지는 않았다. 다리가 아작 났으나 바닥에 장을 때려 몸을 띄우면서 주먹질을 해 댔다.

곤운십절은 열 가지 재주에 뛰어나 십절이라 불리었다. 권법에도 일가견이 있다. 다른 건 몰라도 백리중이 진자강의 권에 계속 당한 걸 보면 어찌어찌 백리중에게 권이 통할지도 모른다!

착각이었다.

백리중은 손바닥을 펼쳐서 구풍멸악검의 내공을 뿜어냈다. 곤운십절의 권이 일으켜 낸 권력과 초식이 모두 무시되었다. 곤운십절의 팔이 구풍멸악검에 휘말려서 떨어져 나갔다. 본인도 바람에 떠밀려 뒤로 나가떨어졌다.

쿠당탕탕!

"쿨럭쿨럭쿨럭."

곤운십절이 점혈로 지혈을 하려고 보니, 상처가 난 자리에 고름이 끓었다. 벌써 한참 된 듯했다.

백리중과 싸우던 중에 사방에 퍼져 있던 진자강의 독기가 침투한 것이다.

적멸화의 꽃잎이 피어났다.

그 순간 곤운십절은 만사가 부질없어졌다.

"하⋯⋯."

곤운십절은 야수처럼 구부정하게 허리를 굽히고 그르렁 대는 백리중과 꼿꼿하게 서 있는 진자강을 한 번씩 돌아보 았다. 자신을 쳐다보는 무림총연맹 무인들의 겁먹은 눈동 자를 보았다.

곤운십절이 그들을 향해 고개를 절레절레 흔들어 보였 다.

그러곤 피고름이 되어 흘러내렸다.

곤운십절의 죽음은 무인들에게 절망적인 충격을 주었다.

마지막에 그가 고개를 흔든 것이 마치 자신들의 장래를 암시하는 몸짓인 듯하였다.

완전히 잘못 짚었다.

진자강이 이렇게 강할 줄 알았다면 절대로 저 괴물의 편 을 안 들었을 것이다!

이제 무인들에게는 선택지가 없었다.

싸우는 건 애초에 불가능했고, 정신이 나간 백리중을 이 용하는 것도 불가능하다는 걸 방금 곤운십절이 몸소 보여 주었다.

무조건 달아나야 한다.

진자강을 피해서, 독기를 풀풀 풍겨 대는 피 웅덩이를 피해서.

그것만으로도 버거운데 심지어 눈에 보이면 아무에게나 달려드는 백리중까지 피해서…….

도무지 달아날 수 있을 것 같지 않지만, 일말이라도 살아남을 가능성이 있다면 오직 그것뿐이었다.

누군가가 칼을 버리는 소리가 났다.

탱그랑.

동시에 약속이라도 한 것처럼 모두가 뛰었다.

"으아아!"

달아나는 방식도 제각각이었다.

남들이 가지 않는 길로 달아나는 자.

남들 틈에 끼어서 달아나는 자.

앞서가는 이의 목덜미를 잡아 뒤로 당기며 달아나는 자.

진자강은 한 팔을 위로 치켜들었다.

수라진경이 번개처럼 위로 솟구쳤다. 길게 솟아오른 수라진경이 정점에 이르자 가파른 경사를 만들며 다시 떨어졌다. 떨어지면서 바닥을 쓸 듯이 하며 뻗어 나갔다.

파파파팟! 달아나던 무인들의 다리와 등에 수라진경이 꽂혔다. 꿰뚫린 무인들은 자빠지거나 허공에서 수라진경에 걸려 넘어지지도 못하고 대롱거렸다.

"으아아악!"

"아악!"

진자강이 팔을 당기자 수라진경이 빠져나와 진자강에게로 돌아왔다.

진자강은 반대쪽 손을 들었다. 수라진경이 또다시 하늘로 치솟았다. 그리고 이번에도 바닥으로 떨어지며 앞으로 뻗어 나가 무인들을 꿰뚫었다.

진자강이 걸으면서 손을 치켜들 때마다 수십 명의 무인들이 비명을 지르고 나동그라졌다.

큰 상처는 없었다.

가느다란 실이 뚫고 지나간 아주 작은 구멍 하나만이 그들의 몸에 남아 있을 뿐이었다.

그러나 그들에게는 그것이 곧 죽음의 선고였다.

벌에 쏘인 것처럼 작은 구멍이 부풀어 오르고, 살이 거멓게 죽으며 고름이 맺혔다. 핏줄을 따라 피고름이 전신으로 퍼졌다. 울긋불긋, 독이 지나간 핏줄이 살갗을 녹이며 흘러나와 꽃잎 모양의 흔적이 생겨났다. 안으로 파고든 고름은 뼈를 녹였다.

수라진경이 쓸고 간 자리에서 아우성이 일었다. 비명 소리가 처절하게 울렸다. 그러나 비명 소리는 오래 가지 않았다. 얼마 지나지 않아 쓰러진 시체들이 무수하게 생겨났다.

시체들은 점점 몸이 녹아 피거품으로 화하여 부글부글 끓었다.

진자강의 앞을 얼쩡거리던 백리중에게도 수라진경이 날아갔다. 수라진경은 백리중의 살갗을 뚫지는 못했다. 다만 백리중의 살갗에 벌건 자국을 남겼다. 백리중은 공중에 뜬 상태에서 맞고 나가떨어지기도 했다.

백리중은 수라진경에 맞으면서 진자강에게 덤볐다가 여러 번을 얻어터졌다. 주먹에 맞고 발길질에 나동그라졌다. 어떻게 해도 진자강을 건드릴 수 없었다. 이빨도 부러지고 뽑혀 진자강을 물 수조차 없었다.

백리중은 내공이 괴악할 정도로 늘어 맞으면서도 버티고 버텼다. 그러나 곧 질려 버렸는지 진자강을 피해 다니기 시작했다. 입과 코에서 피를 흘리며 진자강에서 떨어지려 하였다. 달아나면서 앞에 걸리적거리는 건 모두 찢어발겼다. 정신없이 달아나던 무인들은 무엇에 죽었는지도 모르고 백리중의 손에서 명을 달리했다.

진자강이 가는 곳마다 비명과 시체와 독수가 생겨났다.

처음부터 예측하였듯, 일방적인 학살이었다.

거침없이 걸어가던 진자강의 앞에 아미파의 여승들이 섰다.

여승들이 합장하여 선 채로 진자강을 마주했다. 결연한

표정이었다. 무기를 들지 않은 것으로 보아 죽음을 각오한 듯했다. 아마 죽더라도 시신만은 온전히 남길 수 있기를 바라는 마음에서 앞으로 나선 것처럼 보였다.

아미파의 낭령은 말을 하지 못하였으므로 옆에 있는 여승이 대신 말했다.

"독룡 시주…… 더 이상 구차하게 살려 달라는 말을 하지는 않겠소. 하지만 우리는……."

"거절한다."

진자강의 한 마디에 아미파 여승들의 안색이 하얗게 질렸다. 진자강은 위에서 아래로 팔을 휘저으며 무릎을 꿇고 바닥을 짚었다. 수라진경이 하늘에서부터 아미파 여승들의 가운데로 떨어져 내렸다. 진자강이 무릎을 꿇은 채 양팔을 교차하여 모았다가 좌우로 힘껏 펼쳤다.

쫘아악!

떨어진 수라진경이 물결치듯 흔들리며 좌우로 갈라졌다.

여승들의 몸이 그대로 조각조각 잘려 나갔다. 무슨 말을 하려 했는지 영원히 들을 수 없게 되었다.

듣고 거절한 것도 아니고 애초에 듣지조차 않았다. 들을 생각이 없는 것이다.

단상에 있던 구대문파와 팔대 무림세가 중에서도 다른 무인들처럼 달아나는 이들이 나왔다. 이미 달아나다가 수라진경에 맞고 죽은 이도 있었다.

그러나 그러지 못하고 남아 있던 이들도 있었다.

그들은 아미파의 여승들이 마지막 유언조차 남기지 못한 것을 보았다. 학살의 시간이 시작되었으니 더는 그 무엇도 무의미한 것이다.

하여 위지가에서는 자결을 결심했다.

위지가의 가주가 가문의 무인들을 바라보며 손을 치켜들었다. 내공이 있는 자는 천령개를 쳐서 자결할 것이요, 내공이 부족한 자는 스스로의 목을 칼로 베어 죽을 것이었다.

위지가의 무인들이 분한 마음의 눈물을 삼키며 칼을 목에 가져다 대었다.

위지가의 가주가 비장한 목소리로 외쳤다.

"오늘의 이 원한을 잊지 않으리라! 지옥에서도 지켜보리라! 우리 위지가의 후손들이 우리를 대신하여 독룡과 그의 가족들에게 천 배 만 배로 피의 복수를 하리라!"

말을 마치자마자 바로 자신의 옆머리를 쳐서 자결하려 하였다. 그러나 팔을 당겨 쳤는데 얼굴에 피만 쏟아졌다. 손날이 머리를 때려야 하는데 허전했다. 손목이 없었다.

위지가의 가주가 앞을 쳐다보았다. 진자강이 수라진경을 날려 그의 손목을 통째로 잘라 버린 것이다. 가주는 어금니를 물고 반대쪽 손으로 옆머리를 후려쳤다. 그러나 이번에도 그쪽 팔이 통째로 날아가 버렸다. 그가 반응하는 속도보다 진자강이 수라진경을 날리는 속도가 더 빨랐다.

가주가 피를 토하듯 외쳤다.

"이제는 마음대로 죽지도 못하게 하는 것이냐!"

진자강은 아주 짧고 차갑게 되물었다.

"누가 허락했나."

진자강은 대답을 기다리지 않았다. 그저 수라진경을 다시 움직여 가주의 몸을 여러 번 꿰뚫어 버렸을 뿐이었다. 위지가의 다른 무인들도 마찬가지였다. 자결에 성공한 이는 한 명도 없었다. 모두 팔다리가 날아가며 결국에는 수라진경에 꿰여 죽는 신세가 되었다.

위지가의 가주가 울컥울컥 피를 토했다. 실핏줄이 터진 눈으로 끔찍하다는 듯 진자강을 보고 말했다.

"네놈. 반드시…… 돌려받을 것이다……."

진자강이 싸늘하게 대꾸했다.

"내가 이미 받은 걸 너희들에게 되돌려 주는 것이다."

위지가의 가주는 다음 말을 하지 못했다.

피리릿. 진자강의 손짓에 허공이 단절되며 목이 떨어져 나갔다.

유언을 남기지도, 스스로 죽지도 못한다. 남아 있는 것이라곤 그저 달아나려 애쓰다가 죽는 것뿐이다.

이제껏 살아오며 최악의 상황을 맞이한 적은 많았지만, 선택이 불가능한 상황을 맞은 건 처음이었다. 처음이었지만 마지막이 될 터였다.

점점 더 반항을 포기하는 자들이 나왔다. 달아날 생각도 않고 자결할 생각도 않았다. 그냥 무기를 버리고 가만히 서 버렸다.

진자강이 죽이기만을 기다렸다.

저항하지 않고 무기까지 버린 무방비 상태의 적을 죽이는 건 무인에게는 큰 수치였다. 어차피 반항해 봐야 의미가 없으니 진자강을 비웃으며 죽어 가기라도 할 생각인 것이다.

천인문의 문주도 그런 이들 중의 한 명이었다. 그가 진자강에게 욕설을 내뱉었다.

"이 개호래잡놈의 새끼. 죽여라! 하지만 우리를 죽여도 네놈은 영웅이 될 수 없다. 결국 강호 최악의 살성으로 역사에 남을 것이다! 하하하하!"

천인문 문주가 억지로 목소리를 쥐어 짜내 웃었다.

진자강이 천인문의 문주 쪽을 돌아보았다. 손가락을 튕기며 그 끝으로 문주를 가리켰다.

"하하하하! 으하하하! 죽여 보라니까! 마음대로 해! 하지만 내게서 들을 수 있는 말은 아무것도 없을 거니……!"

순간, 수라진경의 끝이 천인문 문주의 뺨으로 들어가 반대쪽 뺨으로 나왔다. 천인문 문주가 어버버하다가 이내 말하는 것을 포기했다.

수라진경을 맞았으니 곧 입안에 피고름이 차 죽게 될 것이다…….

그러나 그런 일은 없었다. 진자강은 문주를 그대로 둔 채 천인문의 다른 무인들을 죽였다.

천인문 문주는 말을 못 해 욕도 할 수 없었고 고개도 돌리지 못했다. 그대로 꿰인 채로 문파원들이 죽어 가는 소리만 듣고 있어야 했다.

기다려라! 나도 곧 간다!

천인문 문주는 그렇게 속으로 외쳤다.

그런데 아무리 기다려도 자신의 몸에 별다른 이상이 생기지 않는다. 뺨에 난 상처를 통해 독이 들어오고 있지 않음을 뒤늦게 깨달았다.

"으으! 으어어?"

설마…… 진자강의 독이 떨어진 것인가?

그렇다면 달아날 수도……?

천인문 문주는 입을 꿴 수라진경을 뽑고 달아나려 했다. 아니, 아예 입의 좌우를 칼로 찢어 수라진경을 빼내려고까지 했다.

그런데…….

소름 끼치는 시선이 느껴졌다.

곁눈질로 옆을 보다가 전신의 털이 곤두섰다. 진자강과 시선이 마주친 것이다. 수라진경이 진자강에게 연결되어 있으니 천인문 문주의 행동이 진동으로 고스란히 전달될 수밖에 없었다. 진자강이 손가락을 튕겼다. 뺨에 꿰인 수라 진경이 물결치며 천인문 문주의 입을 헤집었다.

"아아아악!"

피가 줄줄 흘러나오지만 죽을 정도는 아니다. 그러나 독은 없었다. 물결치던 수라진경이 하늘로 솟구쳤다가 천인문 문주의 어깨를 뚫고 들어가 다리를 관통해 바닥에까지 박혔다.

"끅!"

이제는 완전히 움직이지도 못하게 되었다.

천인문 문주는 깨달았다.

진자강은 일부러 자신을 중독시키지 않았다. 죽이지도 않았다.

그러나 달아나거나 죽으려고 하면 그때마다 방해를 할 게 분명했다.

죽는 것도 못 하게 하더니, 죽겠다고 가만히 있는 것도 못 하게 하는 것이다!

그야말로 자기 마음대로는 살지도 죽지도 못하는 신세.

차라리 정신이라도 잃으면 좋으련만 그의 몸을 꿰뚫은 수라진경이 수시로 흔들리며 그를 깨웠다.

천인문 문주는 공포에 질렸다.

다 큰 어른이니, 천 명의 문도를 이끄는 문주니 하는 것은 이 순간 아무런 의미도 없었다. 진자강의 앞에서는 그저 평등하게 죽어야 할 하찮은 미물일 뿐이었다.

인간으로서 현재의 존재가 부정되고 아무런 의미도 없는 단순한 생명체로서 말살되고 있었다.

그 같은 사실을 깨닫자, 존재의 소멸에 대한 근원적인 두려움이 해일처럼 그를 뒤덮었다.

천인문 문주는 아이가 되어 울었다. 무서웠다.

그 순간에 수라진경이 천인문 문주의 목을 날려 버렸다.

*　　　*　　　*

진자강은 천인문 문주의 죽음에 눈도 돌리지 않았다. 손끝의 감각으로 이미 죽음을 확인했다. 진자강의 관심은 아직 움직이고 있는 **죽은 자**들을 향해 있었다.

피와 부산물들이 사방팔방에 널려 있고 독기가 심해져

시야는 깨끗하지 않았다. 독기가 저절로 확산되어 진자강이 손을 쓰지 않아도 스스로 중독되고 죽어 가는 자들이 늘어 갔다. 눕거나 엎드려서 죽은 척하고 있어도 소용없었다.

진자강은 전신 감각이 완전히 활짝 열려 있었다. 고도의 집중 상태로 대연무장 안쪽에서 숨 쉬는 모든 것들을 감지하며 통제하고 있었다.

그 안에서 움직이고 있는 백리중도 마찬가지였다. 제아무리 빠르게 달아나고 있어도 결국은 진자강의 감각 안에서 벗어날 수 없었다.

그리고 끄트머리, 단상의 뒤 구석에서 이제껏 다른 이들의 눈에 띄지 않고 숨어 있던 자도 마찬가지였다.

덜덜덜.

염소수염의 총군사. 아무것도 하지 않고 독기의 영향도 받지 않은 탓에 아직까지 운 좋게 살아 있었다. 그러나 염소수염은 자신이 죽는다는 걸 알고 있었다. 아까 진자강과 눈이 한 번 마주치기도 했다.

진자강이 자기를 살려 주려는 게 아니라 자신이 있는 곳에 다른 자들이 없으니 순위가 밀렸을 뿐일 것이다. 어쨌든 자신도 죽일 게 분명했다.

백리중이 이겨야 자신도 살 수 있는데, 이런 상태에서는 이미 글렀다.

사실은 만일의 사태에 대비해 둔 비책이 있었다.

일부러 공사가 끝난 뒤에 인부들을 맹 안으로 불러들였다.

제아무리 진자강이라고 해도 일반인들까지 죽이는 것은 명분상으로 손해를 보는 일일 터.

그들을 인질로 삼아 진자강을 압박하려 하였다. 수천 명의 일반인이니 그들을 죽인다고 협박하여 상황을 유리하게 가져갈 생각이었다.

그런데!

그 방법을 시도해 보기도 전에 백리중이 저 모양이 되어 버려 압박할 시기를 완전히 놓치고 만 것이다. 멍청한 백리중이 독룡을 이길 수 있다고 자신하다가 눈이 돌아가서 들개가 된 바람에!

'너무 늦었나? 늦었나? 밖에 있는 놈들이 다 눈치채고 도망갔으려나? 아니면 지금이라도……?'

염소수염은 고민되어 죽을 지경이었다.

하지만 그냥 가만히 앉아 있다가 죽을 수는 없었다. 개미도 밟으면 꿈틀한다는데, 사람 잡아먹는 괴물을 등에 업고 출셋길에 오르려던 자신이 이렇게 죽을 수는 없었다.

나라도 살아야지. 나라도 살아야지! 나라도!

여기 있는 다는 살려 주지 못해도 최소한 자기는 살려 줄 수 있지 않겠는가!

염소수염이 덜덜 떨리는 손으로 품에서 연기를 피워 올리는 신호통을 꺼내었다.

그러곤 후들거리는 다리로 단상 옆의 호랑이 석상을 붙들고 일어섰다.

"저어, 대, 대협님?"

모깃소리였지만 그로서는 평생의 용기를 꺼내어 진자강을 부른 것이었다. 진자강은 너무 멀리 있어서 전혀 듣지 못했을 것 같았다. 그러나 놀랍게도 진자강은 정확히 염소수염을 쳐다보았다.

염소수염은 순간 다리에서 힘이 빠져 살짝 오줌을 지렸다. 그래도 살아야겠다는 일념으로 혀는 절로 움직였다.

"무공이라고는 모기 눈알만큼도 못하는 비루한 몸이 대협님께 감히 한 말씀…… 드립니다. 저 이게 무엇이냐면, 신호통입니다. 제가 이 통의 꼭지를 열면 연기가 피어오릅지요. 네네. 그러면……. 무슨 일이 벌어지냐면, 밖에 아주 선량한 인부들이 있는뎁쇼. 무사들이 그자들을 모두 죽일 겁니다. 아니아니, 제가 죽인다는 얘기는 아닙니다요. 하지만 나를 죽이려 하시면, 그러니까……."

진자강은 염소수염을 보고 있지 않았다. 염소수염은 당황해서 자신의 손에 들린 통을 보았다. 살자고 협박을 하려 했는데 무시당했다. 그러면 이 통을 열어야 하는가? 그러면 자신의 유일한 구명줄이 사라진다. 염소수염이 신호통을 꺼내 든 건 자기가 살기 위해서다. 누군지도 모르는 수천 명의 인부들이 죽든 말든 관심도 없다. 그러니까 열 수가 없는 것이다.

진자강이 뭐라도 대꾸를 하면 응대를 할 텐데 아예 무시해 버리니 염소수염은 머리만 더 복잡해졌다.

"이이……."

염소수염은 무서웠지만 악이 받쳤다. 통의 뚜껑을 잡고 올리며 흔들어 댔다.

"내가 못할 줄 아, 아쇼? 한 번만 더 나 무시하면, 당장에 이 통을 열어 버릴 터이야! 나도 알고 보면 할 때 하는 사람이요! 이거만 열면 당신은 아주 나쁜 놈으로 손가락질을 받…… 받……."

진자강은 쳐다보지도 않았다.

"받…… 받……."

염소수염은 자신의 손목에 걸려 있는 가느다란 실 한 가닥을 볼 수 있었다.

"……."

손가락으로 실을 더듬어 따라갔다. 실은 손목을 한 바퀴 감고 자신의 반대쪽 손목에까지 연결되어 있었다. 그러고도 남아서 위로……

염소수염은 기겁하여 목을 매만졌다. 목에 실이 걸려 있었다.

"꽤애액! 꽤애애액!"

염소수염이 기괴한 소리를 내며 난리를 부렸다. 손목이 날아갔다. 무인들처럼 끝까지 통을 열겠다는 그런 의지 같은 건 없었다. 잘려 나간 손목을 보며 두려워서 아무것도 하지 못하고 버둥거리기만 했다. 그러고는 마침내 자신의 눈으로 떨어져 나간 몸통을 보며 죽었다.

그간 진자강은 각각의 죽음에 진지하고 최선을 다했다. 크든 작든 사람 대 사람으로 죽음에 대해 최대한의 진지함을 보였다.

그러나 지금은 아니었다. 그들의 해명이나 몸짓, 감정, 살기 위해 발버둥 치는 행동들. 인간으로서 존재감을 나타내기 위한 모든 행위를 무시했다.

그들의 죽음에 최소한의 예의도 갖추지 않았다.

수확을 하고 남은 볏짚은 짚신으로도 만들어 신고 지붕도 엮고 보온에도 쓴다. 콩을 수확하고 남은 콩대는 말려서 불을 붙이는 데에도 쓸 수 있다.

하지만 이들의 죽음 뒤에는 아무것도 없다. 그저 괴물을 추종하고 따르며 강호에 혼란을 불러왔다는 오명만이 시신도 남기지 못한 그들의 비석에 남을 뿐!

"으아아!"

"살려 줘!"

아직도 달아나는 자들이 남아 있었다.

그들을 지켜보는 진자강의 살기가 더욱 짙어졌다.

진자강은 독연으로 가득한 대연무장을 오가며 계속해서 죽어야 할 자들을 처단했다. 달아날 방향을 한 군데는 남겨 두었다. 진자강을 피해 무인들이 빈 방향으로 달아났다. 진자강은 반대쪽에서 백리중을 같은 방법으로 몰았다. 백리중은 수라진경에 채찍처럼 얻어맞고 달아나다가 무인들을 마주할 수밖에 없었다. 백리중은 무인들을 찢어 죽였다. 그는 인지하지 못했으나 진자강의 도구가 되어 자신이 불러모은 무인들을 스스로 죽이는 데 이용되고 있었다.

어느덧, 서 있는 자의 수가 눈에 띄게 줄었다.

본래 여기에 모였던 수가 만오천 명……, 백리중을 흡족하게 하지는 못하였으나 결코 적은 수가 아니었다.

그 숫자가 아무런 의미 없이 대부분 대연무장에 녹아서 들러붙어 있었다.

일천도 채 남지 않았다.

최악의 학살이었다.

그래도 죽이고, 또 죽이고. 아직 죽어야 할 자들은 남았다. 백리중의 손에 죽은 수도 수백을 훌쩍 넘어갔다. 백리중은 뜨거운 피를 뒤집어쓰고 완전히 흥분하여 눈이 돌아갔다.

그르르르.

더 죽일 자들이 없어졌다. 신음 소리를 내는 자들이 남아 있긴 하였으나 생기는 거의 남아 있지 않았다. 그들도 곧 녹아 사라지게 될 것이다.

백리중은 흥분 상태에서 지독한 살기를 내뿜으며 진자강을 쳐다보았다.

더는 죽일 놈이 없어져서 끓어오르는 살육의 욕구를 누를 수가 없었다. 분노와 갈증이 채워지지 않았다.

진자강을 죽이고 싶다. 자신의 것으로 만들어 더욱 강해지고 싶다. 그러나 진자강이 자신보다 강한 것을 알아서 덤벼들 수가 없어 망설이고 있었다.

진자강은 백리중을 향해 손가락을 들었다.

움찔! 야수의 눈을 한 백리중이 몸을 떨며 바로 자리를 박차고 뛰었다. 진자강은 아무것도 하지 않고 백리중을 가만히 바라보았다.

그르르!

백리중은 한참이나 옆으로 이동해 진자강을 노려보았다. 진자강을 취하고 싶어서 주위를 뱅뱅 돌고 있지만 절대 가까이 오려고는 하지 않는다.

딸깍.

진자강은 손목의 고리를 풀어서 떨어뜨렸다.

떼구르르. 수라진경의 고리가 바닥을 굴렀다. 피로 얼룩진 상의를 찢어 버리고, 암기를 꽂았던 가죽띠도 벗어 던졌다. 구부정하게 허리를 숙이고 앞을 바라보던 백리중의 턱이 의문을 드러내며 옆으로 돌아갔다.

진자강은 오른손으로 주먹을 쥐고 왼팔 어깨를 때렸다.

뚝!

자신의 어깨가 부러졌다.

백리중의 턱이 더 꺾여서 얼굴이 옆으로 누웠다.

진자강이 손을 뻗었다. 바닥에 굴러다니던 칼 한 자루가 진자강의 손으로 들어왔다. 그것으로 자신의 배를 찢었다.

줄줄줄!

피가 흘러내렸다.

백리중의 눈이 커다래졌다. 점처럼 작은 눈동자가 더욱더 작아져서 흰자위만 있는 것처럼 보일 지경이 되었다. 그런 눈을 데굴데굴 굴렸다.

진자강의 하의는 금세 피로 흠뻑 젖었다. 출혈량이 적지 않았다.

그 상태로 진자강이 백리중에게 턱짓했다.

와라.

한쪽 팔이 무력화되고 배에서는 심한 출혈까지 일으킨 채 쇠약해지고 있는 진자강이다.

내가 갈 것 같으냐?

백리중의 본능이 위험을 느끼고 가지 않는다고 외쳤다.

성큼! 백리중의 걸음이 진자강을 향했다. 코를 벌름거리고 입가에서 질질 침이 흘렀다. 눈가가 시뻘게졌다.

내가 그런 수작에 속을 줄 알고?

성큼. 탐욕이 백리중의 발을 이끌었다.

더 기다렸다가 네놈이 빈사 상태로 쓰러지면 그때 해치워 주마.

성큼 성큼!

백리중은 진자강과 점점 더 가까워지고 있었다.

클클클, 조금만 기다리면 너는 훨씬 더 약해질 텐데?

성큼 성큼, 크게 걷던 백리중은 어느새 점점 걸음이 빨라져서 아예 달리고 있었다.

탐욕이 인내를 진작 앞질렀다. 시간이 지날수록 유리해진다는 판단도 앞질렀다. 진자강의 피, 혈독이 뿜어내는 위협적인 독기도 무시했다.

백리중의 눈에는 피를 흘리고 있는 진자강만이 들어올 뿐이었다!

백리중이 진자강을 향해 달려들었다.

"크아아아아!"

진자강은 검을 힘껏 들었다. 들어 올린 순간에 바늘처럼 날카로운 검기들이 백리중을 향해 날아들었다.

백리중에게 진자강이 펼치는 수법은 익숙했다. 일전에 한 번 깨뜨린 적이 있는 수법이었다. 본능보다 탐욕의 욕구가 앞서고 있어도 몸이 기억했다.

백리중은 팔을 휘저어 진자강이 쏘아 낸 초사검기를 날려 버렸다. 침전기가 바닥에 깔리며 백리중의 공간을 침범했다. 백리중은 발바닥의 용천혈에 막대한 내공을 실어 침전기를 뭉갰다.

진자강이 검을 휘둘렀다.

풍사기가 백리중의 전신을 얇게 저미며 들어왔다. 백리중은 양손의 손가락을 끼워서 맞잡은 뒤 크게 휘둘러 바닥을 쳤다.

꽝! 풍사기가 모조리 박살 나서 흩어졌다.

이어 들어온 고정검기는 쌍장으로 후려쳤다. 진자강이 들고 있던 검이 둘의 내공 격돌을 견디지 못하고 조각조각

깨져 버렸다.

감히 그런 검으로 나를!

하하하하!

진자강이 허공섭물로 창을 끌어왔다. 창으로 달려드는 백리중의 어깨를 찍었다. 창끝이 구부러지고 창대가 부러지며 터져 나갔다.

화려한 무늬가 새겨진 도 한 자루를 당겨 왔다. 그것으로 백리중의 머리를 찍었다. 상투를 묶은 끈이 잘려 나가고 머리카락이 풀어 헤쳐졌다. 하지만 머리에 찍힌 도 역시 백리중의 내공과 진자강의 내공을 견디지 못해 깨져 버렸다.

이제 진자강의 손에는 무기가 없다.

백리중은 탐욕의 절정에 이른 눈으로 한껏 입을 벌렸다. 이빨은 멀쩡한 것 하나 없이 모조리 부러지고 빠졌는데, 부러지다 말고 반쯤 남아 끝이 날카로워진 이빨이 듬성하게 솟아 있는 모습이 더욱 흉물스러웠다.

핑그르르. 진자강의 손이 허리춤으로 내려갔다가 위로 올라왔다.

콰악!

백리중이 진자강의 목을 물었다.

그리고 동시에.

와지끈!

남은 이빨이 모조리 박살 나서 깨져 나갔다. 백리중의 얼굴이 고통으로 일그러졌다. 진자강이 들어 올린 반 토막 난 단검이 백리중의 입에 물려 있었다.

세상 그 어느 것보다 단단하기 이를 데 없는 마교의 성물 파사고검!

"크아아!"

백리중이 고통에 찬 비명을 지르면서 얼굴을 잡고 달아나려 하였다. 그러나 바늘 같은 검기들이 마구 꽂혀 와 몸이 움츠러들었다. 이어 발이 진흙 바닥에 박힌 듯 푹푹 빠져들면서 침전기가 백리중을 단단히 붙들었다.

백리중의 눈이 일그러졌다. 그다음에 올 것을 알고 있었다.

풍사기. 수십 개의 검기들. 백리중의 몸을 날카로운 칼날의 바람이 휩쓸고 지나갔다. 머리카락이 가닥가닥 끊겨 나가고 온몸에 수많은 상처가 생겨났다.

그리고 마침내 고정검기.

검왕 남궁락의 절기 절대만검이 진자강의 손에서 완전히 펼쳐졌다.

자오성!

대자연의 기운이 원래대로 복원하려는 힘.

백리중은 파사고검이 내뿜는 기에 휘말려 떠올랐다.

촤아아아! 수많은 검기가 백리중의 몸을 난도질했다. 내부에서부터 강하게 반탄하고 있던 내공이 양파 껍질 벗겨지듯 계속해서 부스러졌다. 백리중이 본래 가지고 있던 내공이 아니기에 접붙이기에 실패한 나뭇가지처럼 뚝뚝 떨어져 나갔다.

백리중은 떨어져서 낙법도 하지 못하고 뒤로 굴렀다.

그르륵. 그륵.

후들거리는 팔로 바닥을 짚고 고개를 들어 진자강을 노려보는데, 반은 눈을 한껏 찌푸린 채 고통스러워하는 인간의 모습이고 반은 점처럼 작아진 동공으로 눈을 치켜뜬 야수의 눈이었다.

백리중의 내공이 너무 방대해서 자오성의 힘을 가진 절대만검으로도 완전히 본성을 되돌릴 수 없었다. 그만큼 지독하게 겁살마신이 들러붙어 있었다는 뜻이고, 달리 말하면…… 그 정도로 타인을 잡아먹으며 내공을 쌓았다는 뜻이기도 하다.

진자강은 실망하지도 분노하지도 않고 백리중을 쳐다보았다.

자신의 배에서 흘러나오는 피에 파사고검을 길게 문지르

곤 다시금 치켜들었다. 그리고 절대만검을 한 번 더 펼쳤
다.

초사검기가 백리중의 전신을 송곳처럼 꿰뚫었다.

"끄아아악!"

겹살마신의 목소리에 인간적인 감정의 비명이 섞였다.
백리중이 몸을 뒤틀었다. 이어 침전기와 풍사기가 백리중
을 쓸어 댔다. 아까보다 한결 얇아진 겉꺼풀의 내공이 벗
겨지기를 반복하다가 어느 순간 살갗이 저며지기 시작했
다.

풍사기는 바람결 같은 검기가 어그러진 공간을 수백 갈
래로 쪼개는 성질을 가졌다. 얇게 저며진 살갗이 비늘처럼
반짝였다. 핏물이 실처럼 새어 백리중은 마치 수천 개의 붉
은 수실에 휘감긴 듯 보였다.

백리중의 동공이 점점 커졌다.

끄아아아아!

귀곡성이 울렸다.

마지막 고정검기가 백리중의 전신을 강타했다. 고정검
기는 풍사기로 쪼갠 공간을 한 번에 되돌리는 강력한 힘이
다.

콰앙!

백리중의 몸이 크게 흔들리며 튕겨 나갔다.

쿠당탕탕.

몇 번을 구르고 구르다가 엎어져서는 몸을 쉽게 일으키지 못하고 들썩였다. 전신에 상처가 나서 흐르는 피가 어마어마했다. 몸을 일으키려다 엎어질 때마다 철벅철벅 소리가 났다.

피로 범벅이 된 얼굴로 백리중이 고개를 들었다.

진자강이 그의 앞으로 걸어갔다.

멀쩡한 걸음으로.

그러곤 백리중의 앞에 쭈그려 앉아 백리중을 내려다보았다.

백리중은 잠시 동안 현실을 인지하는 데 시간이 필요했다. 그러나 진자강이 아래로 내려다보고 있는 자세만으로 금세 상황을 깨달을 수 있었다. 백리중은 분노로 이를 드러냈다. 굴욕적인 자세에 자존심이 상했다. 그러나 전신에 스며드는 끔찍한 고통에 표정을 태연하게 유지할 수 없었다.

"끄윽, 끅."

차마 자존심상 바닥을 뒹굴 수 없어서 잇새로 신음을 내뱉으며 겨우 견뎌 낼 뿐이었다. 어마어마한 고통이었다. 차라리 전신 살점을 도려내면 그나마 아플 일이 없을 것 같다는 생각이 들 정도였다.

진자강이 백리중을 내려다보며 말했다.

"아프겠지."

놀리는 것도 아니고!

백리중이 이를 악물고 최대한 눈을 치켜떴다. 그런데도 너무 아파서 계속 소리가 새어 나왔다.

"끄윽. 끅. 끅."

그것은 마치 바늘로 가득한 늪에 빠져서 몸을 뒤척일 때마다 전신의 모공으로 바늘이 후벼 파고 들어오는 듯하였다. 백리중은 너무 아파서 하마터면 정신을 잃을 뻔했다. 아니, 아주 잠깐 정신을 잃었던 듯도 했는데, 고개가 떨어졌다가 아파서 깼다.

"이제 너를 보호해 줄 내공이 없다. 그게 무슨 의미인지 아는가."

백리중은 그제야 알았다.

수라혈.

진자강이 뿜어내고 있는 혈독이 파사고검을 통해 전신 상처에 스며들었다. 스며든 수라혈이 조금씩 백리중의 살을 갉아먹고 있었다.

수라혈에 버틸 수 있는 몸이 되긴 하였으되 내공이 없으니 억제할 수가 없다.

한 군데 난 상처가 곪아서 피고름이 새어 나오는 것도 아프기 짝이 없는데 수천 개의 상처가 생겼으니 그 고통은 이루 말할 수가 없었다.

적멸화조차 피어나지 않았다. 피와 고름이 몸 전체에서 흘러내려 적멸화가 생기기 무섭게 사라졌다. 각각의 상처가 모두 뼈로 파고들었다.

"끄으윽. 끄윽!"

백리중은 몸을 비틀어 댔다. 악착같이 참아도 소용이 없었다.

이것이 수라혈! 수라혈에 중독당한 자의 고통!

백 년을 자란 두꺼운 밤나무가 한 무더기의 진딧물에 체액을 빨려 천천히 말라비틀어지고 썩어 가듯, 백리중도 그렇게 죽어 가고 있었다.

"본좌가…… 이리 죽을 것 같으냐!"

억지로 말을 내뱉었지만 **이**가 모조리 아작 나 발음이 샜다.

백리중은 마지막 힘을 쥐어짜 내 팔을 들었다. 진자강의 목을 움켜잡았다. 그러나 그게 다였다. 더 이상 무언가를 할 수 있는 힘은 없었다.

"크윽! 끅!"

고통에 겨워 다음 말도 잇지 못하는 백리중에게 진자강

이 차갑게 대꾸했다.

"그래서?"

백리중은 피를 줄줄 흘리며 가래가 가득 들어찬 목소리로 저주를 퍼붓듯 소리 질렀다.

"이 더러운 마귀 놈. 끝끝내 나를 제정신으로 되돌려 내 고통을 즐기고 있구나! 인정해야 할 거다. 네놈의 정신도 나만큼 썩어 빠져서 나락에 떨어져 있음을! 다신 정상으로 돌아오지 못하리라!"

발음이 새어 알아듣기 힘들었지만 내용은 이해했다. 그럼에도 진자강은 조금도 동요하지 않았다. 백리중의 손가락을 하나하나 떼어 자신의 목에서 떨어뜨려 놓고는 말했다.

"내가 널 죽이는 게 어려웠을 것 같은가. 깜박 잊은 게 있어서다."

깜박 잊었다고?

무얼?

진자강은 대답하지 않았다. 이제 조바심이 나는 것은 죽어 가는 백리중이다.

"인사."

인사?

"감사 인사."

진자강의 손이 원을 그렸다.

구불구불한 듯 보이나 완벽함을 가진 원.

그 원이 백리중을 뒤덮었다.

......

불현듯, 십 년 전 진자강을 만났을 때가 떠올랐다.

자신이 주관한 백화절곡과 지독문 사건의 공판.

백화절곡의 잘못으로 판결을 내린 후, 진자강은 아이답지 않게 아주 무덤덤하게 백리중에게 말했었다.

　"방금 저는요, 가만히 앉아 남들의 도움을 바라는
　일이 얼마나 어리석은 일인지 깨달았어요. 깨달음을
　주셔서 감사합니다. 꼭 감사 인사를 드리러 찾아뵐
　게요."

당시 진자강의 눈에는 극한의 분노가 담겨 있었다.

백리중은 그 분노를 알아채고도, 당연히 그럴 수 없다는 걸 알고 있어서 기다린다고 답했다.

하지만 진자강은 당시에 함께 있던 백화절곡의 배신자 곽오라거나 무림총연맹 운남 지부의 탄원감리였던 서길풍을 모두 찾아가 죽였다. 그 어린 나이로 지독문까지 몰살시켰다.

그 얘기를 들었을 때 직접 손을 썼어야 했다.

왜 망료가 그렇게까지 집착했는지 이제야 이해가 되었다. 만약 과거에 지금의 미래를 볼 수 있었다면 백리중은 망료와 함께 진자강을 단칼에 죽여 버렸을 터였다.

그러지 못했기에…….

진자강이 이만큼이나 커져서 자신을 위협하고, 마침내는 죽음에 이르게까지 하였다.

갈증이, 허기가…….

무림맹주가 되어 손에 넣은 천하제일인의 자리. 함성 소리. 평생 동안 그 모든 것을 꿈꾸었고, 결국 그것을 얻었는데…….

백리중은 흐릿한 눈으로 대연무장의 장내를 보았다.

자기가 수십 년간 꿈꿔 오고 이루었던 것들이 전부 한 줌의 독수가 되어 흐르고 있었다.

남은 것이 없었다.

처음 시작했을 때처럼 모든 것이 무로 돌아갔다.

허무함이 길게 자리 잡았다.

취생몽사(醉生夢死)라, 술에 취한 것처럼 살다가 꿈을 꾸듯 죽는다는 말처럼…… 아무것도 이룬 것이 없게 되었다. 이대로 녹아서 죽고 나면 누군가 자신의 비석이나마 세워 줄 것인가.

이럴 거면…… 뭐 하러 처가를 멸문시키고…… 독문과 손을 잡고…… 사부나 다름없던 해월 진인을 배신하였는가…….

이제는 한 톨의 정(情)도 남기지 않은 그들의 모습이 끝내 아쉬워졌다. 자신을 기억해 줄 사람은 남아 있지 않게 된다.

백리중의 눈에 피눈물이 맺혔다.

어느 순간 백리중은 점오(漸悟)의 깨달음에 들어섰다. 점진적인 깨달음이 백리중의 정신을 더욱 고도의 경지로 이끌고 몸을 전율케 하였다. 고통이 아득해져서 남의 것처럼 느껴졌다.

곧 자신도 무로 시작하여 무로 돌아간다.

그간 호접몽처럼 꾸어 온 삶은 색(色)에 불과했다. 공(空)이었다. 색은 공이요, 그로 인해 느끼는 감정은 허(虛)이니 결국 세상은 나와 너의 구분이 없는 일체의 무(無)로 이루어진 것이었다. 무이긴 하였으나 허(虛)는 아니었다.

세상은 허와 무로 이어진 일체인데, 어찌하여 아득바득 너와 나를 구분하며 살아왔는가. 왜 그런 고통스러운 삶을 살아왔는가…….

인우구망(人牛俱妄). 모든 것이 한낱 공에 불과할 뿐이니…….

백리중의 눈빛이 선해지고 동시에 참된 현기가 흐르기 시작했다.

정신이 개운해지고 생각이 맑아지고 있었다. 백리중의 사고가 지극히 먼 곳에서 빛나고 있는 삼라만상의 진리를 찾아내었다.

백리중은 환희에 들떴다. 몸이 가벼워졌다.

투둑 투둑. 온몸의 뼈가 제멋대로 움직이며 소리를 낸다.

환골탈태!

그토록 발버둥 치며 오르기를 원했던 진짜 탈마의 경지!

이번에야말로 정말 신마합일이라 말할 수 있는 상태가 되어 가고 있는 것이다.

이 마지막 순간에 지고한 경지에 도달하게 되는가!

고통이 거짓말처럼 사라지고 온몸에 활력이 솟구치기 시작했다.

정수리의 백회혈이 열렸다.

겁살마신이 식욕으로 채워 넣은 내공과는 비교할 수 없이 맑고 깨끗한 대자연의 기운이 백리중의 백회혈로 밀려 들어오기 시작했다.

오오오오!

나는…….

나는…… 다시 태어난다!

백리중은 기쁨의 눈물을 줄줄 흘렸다.

그 순간.

첨벙!

백리중의 머리가 피 웅덩이에 처박혔다.

잠시간 어리둥절해 있던 백리중은 다시금 찾아온 전신의 끔찍한 고통에 몸을 비틀어 대었다.

"커윽…… 크악! 크아아아악!"

아팠다. 끔찍이도 아팠다.

그러나 그것보다 더 안타까운 것은 방금의 깨달음이었다. 손만 뻗으면 닿을 곳에 지고의 경지가 있었는데!

백리중이 입안의 피를 게워 내며 고개를 마구 흔들었다. 눈에서 현기가 사라지고 대신 피가 들어차기 시작했다. 환골탈태도 멈추고 뼈마디가 원래대로 돌아가고 있었다.

"안 돼…… 안 돼!"

조금만, 조금만 더 있었다면!

백리중이 혈안에 원망을 담아 진자강을 노려보았다.

진자강은 빤히 백리중을 보고 있었다. 처음부터 지금까지. 백리중에게 무슨 일이 일어났는지 알고 있었다는 듯.

그러곤 말했다.

"누가 초연해지라고 했지?"

진자강의 입가에 작은 조소가 담겨 있었다.

"잘 보았겠지. 그것이 바로 지금 내가 보고 있는 것이다."

진자강의 한마디에 백리중은 머리를 크게 한 대 얻어맞은 듯한 충격에 휩싸였다.

진자강은 이미 이 경지에서 자신을 내려다보고 있었구나!

백리중은 아까워 미칠 것 같은 지경이 되었다. 자신의 삶은 꿈이었으나 방금의 것은 꿈이 아니었다.

환허(還虛).

아주 잠깐 맛본 도가의 궁극경지.

그 꿈.

그 간절한 꿈을 진자강이 깨 버렸다.

백리중의 얼굴이 일그러졌다. 그가 평생을 다해도 얻지 못한 것을 이제야 얻을 수 있었는데!

이제야!

"이, 이놈……! 이노옴! 으아아아아!"

백리중이 절규했다. 한순간 환허에 들어서서 말로 표현할 수 없는 쾌감을 맛보았기에 무저갱의 나락에 있는 지금이 더욱 고통스러워졌다.

진자강은 고름 때문에 부풀어 올라 빠지고 있는 백리중의 머리카락을 강하게 틀어쥐었다. 고통과 아쉬움으로 얼룩진 백리중의 얼굴을 당겨서 자신의 얼굴에 맞대었다.

그러곤 말했다.

"고맙다."

백리중은 비명을 지르고 신음을 흘렸다.

아까워 죽을 것 같았다. 새삼 환허에 대한 탐욕이 치밀었다. 환허를 맛본 때문인지 그 탐욕을 스스로가 자각할 수 있었다.

욕지기가 치밀어 올랐다. 더러운 탐욕이 몸을 지배하고 있었다. 하지만 탐욕을 참을 수가 없었다.

갖고 싶다! 그 환허를 다시 한번!

그것을 방해한 진자강을 천 갈래 만 갈래로 찢어 죽이고 싶다!

하지만.

이제는 불가능하다.

계속 갈구하고 원망만 하다가 죽어 가게 될 뿐인 것이다! 너무도 억울하다!

마지막에 엿본 짧은 환허의 시간은 평생 살아온 삶과 몽땅 바꾸어도 아깝지 않을 만큼 애달프고 아까웠다.

"네 이노오오옴!"

백리중이 비명처럼 악을 썼다.

"인사를 했으니……."

진자강이 차갑게 말을 내뱉으며 백리중을 허공으로 던졌다.

"이제 죽어라."

얼마나 높이 던져졌는지 백리중은 자신이 떠 있는 시간이 굉장히 길게 느껴졌다.

죽을 시간이 되었음을 직감했다.

진자강이 내공을 끌어 올렸다.

드드드드드.

지면이 흔들리며 곳곳에 고인 독수의 웅덩이에 파문이 일었다. 웅덩이에서 퐁퐁 방울이 치솟았다. 진자강은 한계까지 내공을 이끌어 내어 어깨가 부러지지 않은 쪽의 손을 앞으로 내밀었다.

바닥에 떨어져 있던 독침들이 모조리 떠올랐다. 뱁새눈의 무인을 죽이기 위해 던져 댔던 자리에는 유독 많은 침들이 있었다.

독침들이 둥둥 떠올라 그 끝을 허공에 던져진 백리중으로 향했다.

진자강은 모든 내공을 쏟아 내어 마지막 공격을 가했다.

염왕 당청의 비전 천조섬절의 무리를 담았다. 천조섬절의 고통스러운 기운을 담은 독침들이 백리중을 향해 폭사되었다. 백리중의 몸에 고슴도치처럼 독침이 박혔다.

그 순간 백리중이 느낀 고통은 지금까지의 것에 비할 바가 아니었다. 수백 자루의 독침들이 담은 천조섬절의 고통이 동시에 전신에 퍼지며 머릿속이 새하얗게 물들었다.

아무런 생각도 할 수 없이, 고통에만 정신이 집중되어 더욱 고통을 생생하게 느꼈다.

"크아아아아아아—!"

인세의 것이 아닌 고통으로 몸을 비트는 백리중의 비명
이 처절하게 울렸다.

진자강은 들어 올렸던 팔을 천천히 내렸다.

적멸화……, 그 최종진명(最終眞名).

수라멸망악심화

修羅滅亡惡心花

꽉! 진자강이 주먹을 쥐었다.

백리중의 몸에 한꺼번에 꽂혔던 독침들이 잠시 머물다
가 진동하는가 싶더니, 갑자기 힘이 가해지며 일제히 사방
으로 퍼뜨려졌다. 백리중의 몸도 고스란히 찢겨 나갔다. 아
니, 그대로 터져 버렸다.

퍼…… 억……!

마치 꽃이 활짝 만개한 것처럼 공중에 꽃을 닮은 피보라
가 일었다.

후두두두……. 수백 조각으로 터져 버린 백리중은 독수
에 빠져 금세 형체도 찾아볼 수 없이 녹았다.

진자강은 그의 모습을 똑똑히 보았다. 마지막 모습을 확실히 기억해 두었다.

백리중이 죽고 난 뒤의 주위는 고요했다.

대연무장에는 독기가 자욱하여 어떤 생물도 살아 있을 수 없었다. 아무런 소리도 들려오지 않았다.

한때 입추의 여지 없이 서 있던 일만 오천 명은 흔적도 없이 녹아 있었다.

진자강이 조그맣게 중얼거렸다.

싸움이 끊이지 않는 수라의 세계에서 유일하게 싸움을 끝낼 수 있는 방법은 바로 적멸화를 얻는 것뿐. 적멸화를 얻는 순간 일만 팔천 유순(由旬) 거리에 있는 모든 수라가 적멸(寂滅)하여 죽고, 적멸화를 차지한 단 한 명의 수라만이 살아남는다…….

진자강과 독 대결을 펼쳤던 나살돈의 천귀가 남긴 말이었다.

그리고 그 말처럼 이 자리에 남은 것은 진자강 하나가 되었다.

적멸화를 얻었고 마침내 적멸화가 수라멸망악심화로 피어나며 모든 것을 멸절시켰다.

진자강은 하늘을 쳐다보았다.

언제 먹구름이 드리워졌는지 어둑어둑하고 찌푸린 하늘이 진자강을 내려보고 있었다.

깊은 울분과 회한의 응어리가 치밀었다.

"으……!"

진자강의 입에서 작은 신음이 새어 나왔다.

진자강이 울부짖었다.

"으아아아—!"

한 번 더 크게 울부짖었다.

"으아아아아—!"

아직, 개운해지지 않았다. 응어리가 풀리지 않았다. 답답함이 남아 있었다.

진자강은 내공 없이 남은 힘까지 모두 짜내어 하늘을 향해 목이 터져라 소리를 질렀다.

"으아— 아— 아— 아—!"

그제야 마침내…….

진자강의 가슴 깊은 곳에 꼭 박혀 있던 응어리가 완전히 녹아내렸다…….

＊　　　＊　　　＊

"이런 젠장!"

무림총연맹의 무사들이 안절부절못했다.

독룡이 나타났다는 소리를 들었다. 시비들은 물론이고 독룡을 직접 본 자들은 모조리 달아났다.

심지어 번쩍번쩍하면서 대연무장 쪽에서 끔찍한 비명 소리들마저 들려오고 있었다. 절로 몸이 움츠러들 수밖에 없었다.

"우, 우린 어떻게 해야 돼?"

무사들은 칼을 앞으로 휘두르며 인부들이 문 쪽으로 다가오지 못하게 했다. 음식을 나눠 준다는 핑계로 인부들을 맹 내의 창고에 몰아넣고 칼로 위협하고 있는 중이었다.

인부들은 수천 명에 달하고 자신들은 이백 명 정도에 불과하다. 본래는 신호가 내려지면 지원이 더 오기로 했는데, 신호는 소식이 없고 몇몇은 달아나기도 했다.

워낙 험한 일을 하는 인부들인지라 숫자가 크게 차이 나니 금방이라도 무사들을 공격할 듯 분위기가 흉흉했다.

"물러서! 물러서라고!"

무사들이 허공에 칼을 붕붕 휘둘러 소리를 냈다. 그러나 인부들은 뒤로 잠시 물러났다가 무사들을 노려볼 뿐이었다.

어느새, 시끄러웠던 대연무장의 소리가 완전히 잦아들었다.

무사들의 불안감은 더욱 커졌다.

그때 인부 중에 한 명이 앞으로 걸어 나왔다.

무사들이 깜짝 놀라 인부를 쳐다보았다. 금방이라도 휘두를 것처럼 위협적으로 칼을 치켜들었다.

"물러서! 물러서라니까?"

"안 물러나면 본보기로 죽여 버린다!"

그러나 팔이 바들바들 떨리고 있었다.

공두 장씨가 무사들에게 말했다.

"이봐 친구들. 밖이 아까부터 조용하잖아. 그게 무슨 뜻인지 몰라? 독룡이 다 죽인 거야."

무사들이 발작적으로 소리 질렀다.

"수, 수만 명이 있었어! 무림맹주님까지! 그, 그런데 독룡 혼자 어떻게 죽여!"

장씨가 답했다.

"죽일 수 있어. 독룡이라면. 자신 있으니까 혼자 온 거야."

"이 쌍! 네가 뭘 알아!"

장씨가 무사들을 둘러보며 말했다.

"여기서 독룡 직접 본 사람 있어? 난 몇 번이나 만났고 곁에서 지켜보기도 했어. 독룡이 혼자 독곡을 쓸어버리는 것까지도. 독룡은 한다면 해."

무사들이 불안한 눈을 굴렸다.

장씨가 말했다.

"내가 한 가지 조언해 주지. 칼 버리고 달아나. 독룡은 너희들 같은 피라미는 관심 없어. 이미 달아난 다른 놈들처럼 그냥 가 버리라고. 그럼 살 수 있어. 왜 아까운 목숨을 버리려는 거야?"

무사들이 흔들렸다.

"거, 거짓말하지 마! 이 자식이 살고 싶어서 우리에게 거짓말을 하고 있어!"

"거짓말 아냐. 그럼 이대로 있다가 다 죽고 싶어?"

"명령을 어기면 어차피 죽어! 맹주실로 잡혀가면 쥐도 새도 모르게……."

무사들이 말끝을 흐렸다. 소름이 끼쳐서 어깨를 떨었다. 자세한 얘기는 모른다. 그러나 정확하지는 않아도 무서운 소문이 있어서 차마 뒷말까지 꺼낼 수는 없었다.

무사들이 이를 악물었다.

"너 이리와!"

장씨가 손으로 자신을 가리켰다.

"나?"

"그래 너! 독룡하고 안면이 있는 모양인데 너를 인질로 삼으면 독룡도 우릴 어쩌지 못하겠지!"

장씨는 무사들을 무서워하지도 않고 팔짱을 끼웠다.

"후회할 텐데."

한 무사가 칼을 들고 장씨를 향해 성큼 한 걸음을 내디뎠다.

"후회는 네놈이 하게 될 거야! 팔다리를 잘라서 목숨만 붙여 놓……."

촤악!

무사의 팔이 사라졌다.

"어?"

자기 팔이 공중에 뜬 모습을 보는 건 흔히 경험할 수 있는 일이 아니다. 자신의 다리와 머리가 차례대로 잘려서 몸뚱이가 무너지는 모습도.

무사는 비명도 지르지 못하고 목이 잘린 채 바닥을 굴렀다.

무사들과 인부들은 경악하며 너 나 할 것 없이 물러났다.

진자강이 나타났다.

부러진 어깨의 팔을 묶고, 배에는 천을 감았다. 상처는 그게 다였다.

일만오천 명의 무인들이 있던 자리에서 왔다고 치기에는

너무 깨끗한 모습이어서 독룡이라고 생각되지도 않았다. 하지만 독룡이 확실했다.

장씨가 말을 걸었으니까.

"다 죽였냐."

"네."

"결국 해냈구나."

장씨가 쓰게 입맛을 다시며 고개를 저었다.

몇몇이 진자강의 얼굴을 알아보았다. 진자강과 함께 일을 했거나 같이 맹으로 들어온 이들이었다. 그들의 얼굴이 노래졌다. 독룡에 대해 욕을 그렇게 한 것이 생각났다. 그때 독룡이 옆에서 같이 듣고 있었다고 생각하니 모골이 송연해지는 것이었다. 지금 저 바닥에 구르고 있는 토막 난 시체가 언제든 자신이 될 수 있었다.

"죄, 죄송합니다!"

"죽을죄를 지었습니다!"

진자강이 독룡인 줄 모르고 욕을 했던 인부들이 고개를 조아리며 그 자리에서 무릎을 꿇었다. 덜덜덜 떨려서 이가 부딪치며 딱딱 소리가 절로 났다.

진자강이 창고의 입구에서 말했다.

"일어나십시오. 그럴 필요 없습니다. 그리고 장씨 아저씨. 저에 대해 한 말 중에 틀린 게 있습니다."

"응?"

"피라미를 따로 구분하지는 않습니다. 죽어야 할 자들이라면."

엎드려서 빌던 인부들은 등골이 섬뜩해졌다. 식은땀을 줄줄 흘렸다. 공포에 질려서 울먹이는 이들도 있었다.

"제발⋯⋯."

인부들이 사정했다.

땡그랑, 땡⋯⋯.

무림총연맹의 무사들도 무기를 떨구었다.

그리고 엎드렸다.

"사, 살려 주십시오. 대협!"

"대협! 목숨만 살려 주십쇼!"

진자강이 물었다.

"여기 있는 이들을 어찌할 생각이었습니까?"

무사들에게 물은 것이다. 겁을 먹은 무사들이 말했다.

"저, 저희는 연락이 오면⋯⋯ 그⋯⋯."

진자강은 말을 바꿔서 다시 물었다.

"어찌하라 명령을 받았습니까?"

진자강의 물음이 왠지 이들에게 면책을 주는 듯하였다.

무사들이 살 수 있다는 생각에 외쳤다.

"이건 모두 위에서 시킨 일이었습니다! 하지 않으면 저

희를 죽이겠다고요."

"총군사 그 나쁜 작자가 신호를 하면 저들을 죽이라고……."

그 순간 진자강의 눈이 싸늘해졌다.

"차라리 비겁해서 달아났다면, 그래서 자신이 달아난 데 대한 책임을 지게 되었다면 그게 남을 죽이려 한 것보다는 나았을 겁니다. 스스로는 조금의 책임도 지고 싶지 않은 겁니까!"

진자강의 멀쩡한 쪽 팔이 움직였다.

수라진경이 날았다.

독을 쓰지 않고 오로지 목만 베었다. 이백 명 무사들의 목이 모조리 날아가는 데에는 고작 눈 몇 번 깜박일 시간밖에 걸리지 않았다.

진자강이 장씨와 인부들을 보고 말했다.

"나오십시오."

장씨가 죽은 무사들을 보며 슬픈 표정을 지었다.

"이건…… 아무리 그래도 너무하구나."

진자강은 그의 말이 맞다는 듯 고개를 끄덕였다.

"이게 마지막입니다."

장씨가 크게 한숨을 쉬며 가장 먼저 토막 난 시신들의 사이를 건너왔다.

인부들은 토하고 구역질을 하면서 장씨를 뒤따랐다.

가장 마지막에 나온 인부가 창고 안을 돌아보더니, 차마 그대로는 못 가겠던지 잠깐 망설이다가 서둘러 창고 문을 닫았다.

끼이익…….

쿵.

第四章

미완(未完)의 완(完)

　영귀가 마차를 끌고 무림총연맹의 앞으로 진자강을 마중 나왔다.

　장씨가 무림총연맹의 정문 앞에 혼자서 앉아 있다가 영귀를 보고 물었다.

　"자강이를 모시러 왔소?"

　영귀가 고개를 끄덕였다.

　장씨가 앉아 있던 자리에는 술 한 병과 잔 두 개, 삶은 오리가 놓여 있었다. 오래전에 준비한 것인지 오리는 차갑게 식은 지 오래였고 잔에도 흙먼지가 앉았다.

　"우리더러 먼저 나가라 하더니 정작 자기는 나오지 않는

구려. 기다리고 싶었지만…….”

장씨는 말을 흐렸다. 그러곤 깊은 한숨을 내쉬었다.

영귀가 물었다.

“하고 싶은 말씀이 있으십니까?”

장씨는 멍하게 있다가 갑자기 신세타령을 하듯 말했다.

“평범하지 않다는 건 처음부터 알고 있었소. 대단치도 않은 소박한 저녁상을 보고 갑자기 눈물을 줄줄 흘렸으니까. 그런 모습을 보면 누구라도 저 친구에게 사연이 있다는 걸 알 수 있지.”

장씨가 잠깐 말을 끊었다가 이었다.

“그냥 욕심을 좀 부리고 싶었소. 평범하고 화목한, 그러면서 가끔 싸우기도 하는 그런 가족을 만들어 주고 싶었소. 그리고 무엇보다 일을 잘하는 데다 나만큼 잘생겼거든. 딸이 참 좋아했지 뭐요.”

장씨가 다소 힘없이 껄껄 웃었다.

“그런데 이젠 안 된다는 걸 알면서도 그때 울던 얼굴이 떠올라서 자꾸만 미련이 생기는구려. 그래서 어째야 하나 고민하고 있었수다. 하지만 여전히 모르겠는 걸 보면, 아마…… 더 있어도 모를 것 같소.”

아쉬웠지만 진자강과의 인연은 여기서 끝을 내야 한다. 진자강의 무력이 아니라 사람됨을 좋아했으나, 더는 얽혀

선 안 될 터였다.

장씨가 엉덩이를 털고 일어났다.

"그럼…… 뒤를 부탁드리겠수."

장씨는 마치 진자강을 부탁하듯 영귀의 손을 양손으로 꽉 잡고 흔들더니 몇 번이나 뒤를 돌아보다가 떠났다.

영귀는 잠시 장씨의 뒷모습을 지켜보다가, 거대한 무림총연맹의 정문을 활짝 밀고 들어섰다.

끼이익.

만오천 명을 죽였다는 것이 믿어지지 않을 만큼 깔끔했다. 그러나 한쪽에서 어마어마한 죽음의 기운이 흘러나오고 있었다. 영귀는 사기가 흘러오는 방향으로 걸어갔다.

대연무장.

독기가 넘실거려서 영귀는 그 안으로 진입조차 하지 못하였다.

진자강은 그 한가운데에서 눈을 감고 올곧은 자세로 좌정한 채였다. 늪처럼 지저분한 검붉은 색의 웅덩이들에서 피어오르는 독기가 진자강에게로 소용돌이처럼 빨려들고 있었다. 주변의 독기를 모조리 흡입하고 있는 듯했다.

영귀는 진자강에게서 눈을 떼지 못하고 한참을 바라보았다.

저것이…… 꺾이지 않고 굽히지 않고 끝끝내 자신의 뜻

을 이뤄 낸 남자의 모습이었다.

수도 없이 많은 사람이 진자강에게 말하였을 터였다.

포기하라고. 달걀로 바위를 치는 격이라고.

하지만 진자강은 해냈다. 바위에 부딪히는 것을 두려워 않고 끝끝내 바위보다 더 큰 바위산을 격침시켰다.

세상을 변화시킨 경이로운 남자.

한때는 연모하는 감정도 있었고, 지금도 그 마음은 마찬 가지였다.

당연히 정실의 자리는 넘볼 수도 없고 첩 신세가 될 걸 알았으나, 그래도 좋으니 곁에 있고 싶었다.

그러던 어느 순간, 연모보다도 존경하는 마음이 더 커지 면서 영귀는 깨달았다.

처첩이 되어 진자강을 기다리며 집 안에 있는 것보다 진 자강을 바로 옆에서 지켜보고 수행할 수 있는 지금이 훨씬 더 기쁘다는 것을. 굳이 부부의 연을 맺지 않아도 사람에게 는 각자마다 좋아하는 방식이 있다는 것을.

마치 빙봉 손비가 그랬던 것처럼.

그래서 영귀는 아무것도 하지 않고 진자강을 바라보고 있는 시간마저도 만족할 수 있었다. 지금 여기가 바로 자신 의 자리였다.

영귀는 침식도 잊고 오랫동안 진자강을 지켜보며 호법을

섰다.

진자강이 깨어났을 때 장씨의 얘기를 전해 주고 술을 따라 주었다. 진자강은 영귀의 얘기를 귀 기울여 듣고 감사해했다. 영귀는 준비한 마차를 천천히 몰았다. 진자강은 별다른 말 없이 깊은 생각에 잠겼다. 영귀는 그가 충분히 사색에 잠길 수 있도록 최대한 배려했다. 아무 말도 걸지 않았다. 그간의 행보 중에 가벼운 것이 없었다. 모든 일을 마쳤으니 얼마나 회한이 깊으랴.

영귀는 조용히 숨을 들이쉬었다. 상쾌한 공기가 허파를 가득 채웠다.

좋아하는 사람, 세상에서 가장 존경하는 사람이 바로 지척에서 함께 숨 쉬고 같이 앉아 있다…….

영귀는 세상에 태어나 가장 행복했다.

달그락 달그락.

진자강을 태운 느릿한 마차가 남창을 벗어났다.

진자강이 고민을 끝냈다.

"무당파로 가야겠습니다."

그 말에 영귀는 진자강이 그간 무엇을 고민했는지 알 것 같았다.

"알겠습니다."

영귀는 즉시 말머리를 무당산으로 돌렸다.

＊　　　＊　　　＊

무당파는 굳게 문을 닫아걸고 있었다.

백리중이 지독하게 무당파를 헤집어 놓아 무당파는 큰 피해를 입고 봉문했다.

대외적인 활동을 하지 않는다는 뜻으로 높은 정문은 완전히 걸어 잠그고 두꺼운 판자를 몇 겹이나 가로질러 못 박았다. 다만 식자재 등의 보급으로 아주 오갈 일이 없는 것은 아니니 정문 옆의 자그마한 쪽문을 열어 놓아 그곳으로 통행하도록 하고 있었다.

진자강이 마차에서 내려 정문 앞에 섰다. 음울한 얼굴로 바닥을 쓸던 도사 한 명이 진자강을 보고 고개를 저었다.

"죄송합니다. 본산의 사정으로 당분간 향객을 받지 못합니다. 돌아가십시오."

진자강이 말했다.

"향을 올리러 왔습니다."

도사가 진자강을 위아래로 보곤 한숨을 쉬었다.

"방금 말하지 않았습니까. 그게 안 된다니까요. 지금 외부 사람은 아무도 본산에 출입할 수 없습니다. 본산에서 쓰이는 물건도 여기서 받아 저희가 들고 올라갑니다."

"아마 완전히 외부 사람은 아닐 겁니다."

무당파의 외부 사람이 아니다?

그제야 기이함을 느낀 도사가 물었다.

"혹시 뉘신지……."

"진자강입니다."

순간 도사의 입이 크게 벌어졌다. 도사가 쪽문으로 들어
가 힘껏 종을 쳤다.

뎅 뎅 뎅─!

봉문한 문파에 긴급함을 알리는 종소리가 울릴 이유가
어디 있겠는가.

"독룡이다! 독룡이 왔습니다!"

본산에 거하고 있던 모든 도사들, 백리중의 손에서 살아
남은 이들이 모두 튀어나왔다. 도관을 나와 가파른 경사를
뛰어 내려왔다.

많은 도사들이 정문의 윗지붕과 담에 올라서 진자강을
내려다보았다.

술렁거리며 믿지 못하는 표정이 역력했다.

"독룡은…… 남창의 무림총연맹으로 간 것으로 아는
데……."

"설마……."

진자강이 도사들을 보며 말했다.

"거긴 이미 들렀습니다."

도사들은 너무 놀라서 입을 다물 수 없었다.

"아니 무림총연맹에 다녀왔다니……."

놀러 간 것도 아니고 적대적인 회합이 열리는 자리였다. 거길 나들이 다녀온 것처럼 말하고 있으니 이상해 보일 수밖에 없었다.

한쪽 어깨에 부목을 댄 걸 보면 싸움이 있긴 하였던 듯한데…… 또 일만 명이 넘는 무인들과 싸운 것치고는 별다른 상처도 없어 보이는 것이었다.

도사들끼리 수군거렸다.

"뭐가 어떻게 된 겁니까?"

"아직 소식이 들어오지 않았소. 어떻게 되었는지 모릅니다."

"독룡이 본 파에 무슨 일이지요? 독룡이 맞긴 합니까? 사칭하는 자 아닙니까?"

"누구 독룡 얼굴 아는 분 없소이까?"

아는 이가 있었다.

젊은 제자 인호 영운.

한때 종남파의 표상국, 화산파의 소민과 함께 진자강과도 잠시 다닌 적이 있었다.

영운이 놀람에 말을 더듬거리면서 말했다.

"그가…… 맞습니다. 독룡이 맞습니다."

진자강도 영운을 알아보았다. 영운에게 가볍게 포권하여 인사했다. 그러나 영운은 진자강을 편히 대할 수가 없었다. 형제만큼이나 가까웠던 표상국과 소민이 진자강에게 모두 죽었다.

영운은 이를 악물고 감정을 드러내지 않으려 하였다.

진자강은 그를 이해했다.

무당파 도사들은 진자강이 독룡이 맞다는 걸 확인하자 긴장했다.

최근에 팔을 잘린 듯 안쪽 어깨에 핏방울이 비치는 도포를 걸친 나이 지긋한 도사가 진자강에게 물었다.

"독룡이 우리 무당에 무슨 볼일이신가."

진자강이 정중히 포권하며 답했다.

"해월 진인의 위패를 모시고 향을 올리고자 합니다."

그 순간.

무당파 도사들은 정신이 번쩍 들었다.

"아……!"

해월 진인의 위패에 향을 올린다는 것은 그가 생전에 이루지 못했던 일, 바라마지 않던 일을 이루었다는 뜻이다.

진자강이, 독룡이! 백리중을 죽이고 해월 진인의 유지를 이루었다는 뜻이다!

해월 진인이 평생에 걸쳐 노력해 온 일들을 마침내 완성한 것이다.

무림총연맹에서 무슨 일이 있었는지 말하지 않아도 알 수 있었다.

울컥.

도사들의 눈에 눈물이 고였다.

나이에 관계없이 눈물을 흘렸다. 해월 진인이 강호를 위해 얼마나 노력했는지 알고 있어서다. 온갖 오명을 뒤집어쓰면서까지 이루려 했던 일이다.

그것을…… 독룡이 해내었다…….

한 도사가 울먹이며 소리쳤다.

"들어오시오! 어서 독룡을 안으로 모시어라. 어찌 귀한 분을 아직까지 밖에 세워 둔단 말이냐!"

밖에 있던 도사가 황망히 쪽문을 열었다.

그때 나이 지긋한 노도사가 외쳤다.

"멈춰라!"

모든 도사들이 놀라서 노도사를 쳐다보았다.

"그분은, 쪽문으로 들어오실 분이 아니다."

노도사가 눈물을 글썽이며 손을 들어 정문을 가리켰다.

순간 무당파 도사들도 노도사의 뜻을 알아들었다.

몇몇 도사들이 즉시 뛰어내려 정문에 걸쳐진 판자를 뜯어내었다.

쾅! 쾅!

그러곤 정문을 활짝 열었다.

완전한 개방은 아니다. 그러나 그때까지는 오직 한 사람, 진자강만이 이 문을 자유로이 오갈 수 있게 될 것이다.

진자강은 마다하지 않았다. 당당한 걸음으로 정문을 통해 무당파로 들어섰다.

무당파 도사들이 앞쪽에 도열하여 할 수 있는 최고의 경외를 담아 검을 뽑아 들었다. 그러곤 포검의 예로 진자강을 맞이했다.

진자강도 그들에게 일일이 포권하여 답했다.

이후 도사들은 진자강을 해월 진인의 위패가 모셔진 사당으로 안내했다.

진자강은 해월 진인의 앞에 무릎을 꿇고 향을 피웠다.

한 잔의 술을 올렸다.

"다행히…… 생각보다는 빨리 왔습니다."

진자강은 해월 진인의 모습을 기억하며 작은 미소를 머금었다.

"그리고 진인께서 염려하신 것처럼 다 내던지고 산속에

들어가 살지 않아도 될 것 같습니다. 썩은 가지를 모두 걷어 내었으니 머잖아 건강한 싹을 틔우게 될 겁니다. 어떤 종류의 싹이 자랄지는 모르겠습니다만."

잠깐 생각하던 진자강이 한 잔의 술을 더 올리고 말했다.

"각각의 싹에서 수많은 정의가 난립하고 모두가 공통적으로 추구하는 명분을 찾기 위한 다툼이 벌어지겠지요. 그리고 그것들이 합쳐지고 또 합쳐져 최종적인 거대한 대의가 완성되겠지요."

진자강이 웃었다.

"그런데 말입니다. 아주 심보가 못되셨습니다. 진인은 제게 당신을 죽여 달라 하였지만, 그 이후에 제가 어찌 될 것인지는 말을 안 해 주셨단 말입니다. 덕분에 제 자리가 도대체 어디에 있는가 한참 찾았잖습니까."

진자강의 말에 뒤쪽에 서 있던 무당파 도사들이 어리둥절해했다.

긴가민가하였다. 진자강이 지금 말하는 것은 설마…….

도사들은 크게 놀랐다.

크다.

너무 큰 사람이다.

특히나 영운은 자신이 만났던 이가 지금의 이 사람이

맞는지 의심스러워서 멍하니 진자강의 뒷모습을 바라보기만 했다. 자신의 깜냥으로 감히 진자강을 재단하지 못하였다.

도사들이 진자강의 뒤에서 길게 읍을 하며 허리를 숙였다.

해월 진인은 제대로 된 후계를 들였다. 그것이 무당파가 아닌 것은 아쉽지만, 이만한 그릇이라면 무당파조차도 작을 것이다. 해월 진인도 제대로 지키지 못한 무당파가 어쩌면 해월 진인보다 더 큰 그릇을 가진 진자강을 어찌 보필하겠는가.

숙연한 분위기 속에서 진자강은 향이 반쯤 탈 때까지 자리를 지켰다가 일어났다.

"돌아가겠습니다."

도사들이 일제히 허리를 세우고 포권했다.

"사정이 여의치 않아 대접이 부족하였습니다."

"아닙니다. 환대해 주셔서 감사합니다."

진자강의 눈이 영운의 시선과 닿았다.

영운은 잠시 진자강을 쳐다보다가 고개를 저었다.

표상국과 소민의 복수를 하고 싶은 마음이 없던 건 아니었다.

그러나 의미가 없었다.

진자강은 이미 작은 복수 운운할 그릇을 벗어났다. 영운이 복수한다며 달려든다고 해도 드넓은 바다에 작은 조약돌을 던져 생긴 파문도 일으키지 못할 것이다.

"진 형이 무서워서가 아니오. 그 녀석들도 진 형도…… 강호의 거대한 흐름 속에서 어쩔 수 없이 마주쳤다는 걸 이해했소."

진자강이 끄덕였다.

그러곤 무당파를 떠났다.

영귀가 모는 마차를 타고.

＊　　　＊　　　＊

마침내 진자강이 무림총연맹을 침몰시켰다.

강호는 매번 독룡의 행적에 전율했지만 이번만큼 경악한 적은 없었다.

홀로 수만 명을 죽인 것은 물론 놀라운 일이다. 무림 역사상 손에 꼽을 만한 얘기일 것이다.

그러나 소림사의 일주문에서 한 명의 무명 고수가 몰려오는 마교의 십만 대군을 막아 냈다던가, 마교의 고수가 일만 마두를 제거하고 교주의 자리에 올랐다던가 한 적은 이미 있었다.

때문에 단순히 숫자로는 그 이상의 감흥을 주기 어려웠다.

진자강이 대단한 점은 많은 사람을 죽인 것도, 단신으로 백도 무림 전체를 상대했다는 점도 아니었다.

바로 중원 전체를 상대해서 자신의 정의를 관철시켰다는 점이다.

그 점이 무섭고도 경악스러웠다.

어찌 한 사람이 수만, 수십 만을 상대로 자신의 뜻을 펼칠 수 있단 말인가.

중원 전체로 싸움을 걸 만큼의 담대한 기상에 수년간 절름발이 행세를 하며 마지막까지 모두를 속인 인내심, 치밀한 지모.

그리고 그 누구도 부정할 수 없는 강한 무력.

한때 천하제일인이라 불리던 모든 고수들을 차례로 쓰러뜨리고 진자강은 스스로 천하제일인이 되었다.

북천 사파를 무너뜨리고 산동 사파와는 우의를 맺었으며, 현교의 다음 교주를 결정지을 수 있는 막대한 권한마저 가졌다. 거기에 녹옥불장으로 소림사마저 진자강을 함부로 할 수 없게 되었으니…….

그야말로 정사마를 아우르는 최강자가 된 것이다.

개인적인 무력에 뒤에 탄탄한 세력마저 갖추었으니 앞으로 그 누가 진자강을 막을 수 있겠는가.

강호는 크게 두려워하며 탄식했다.

이제 당가와 독룡의 세상이 되었구나!

상위권의 고수들이 모조리 죽어 나가 커다란 공백이 생긴 시대였다. 앞으로 적어도 백 년간은 진자강을 막지 못할 것이며 이후 다시 백 년을 기다려도 막을 수 있는 자가 나오기 힘들 터였다.

거기에 당가는 독룡이라는 절대고수를 보유함으로써 향후 몇 대에 걸쳐 무한대의 번영을 보장받을 수 있게 되었다.

강호는 숨죽였다.

앞으로 진자강의 행보에 강호의 미래가 달려 있었다. 모두가 몸을 낮추고 진자강의 다음 행동을 기다렸다.

*   *   *

진자강은 당가대원으로 귀가(歸家)하였다.

당가대원은 사천의 입구에서부터 당가대원까지 모든 길에 금등(金燈)을 달아 진자강의 귀환을 축하했다. 당가에서만 준비한 것이 아니라 사천의 모든 문파들이 참가해 의의

가 깊었다. 더욱이 금등 안쪽에는 약문과 독문의 사태로 말미암아 죽어 간 이들의 이름과 문파를 적었다.

고인의 죽음을 애도하고 화합의 시대가 오기를 바라는 마음들이 깃들어 있었다.

좌우로 매달린 금등의 아래를 진자강의 마차가 지나갔다. 일반인들마저도 길에 나와 진자강을 보았다.

"독룡이야. 정말 독룡."

"실물만 보면 믿어지지가 않아. 저런 곱상한 얼굴로 수만 명을 죽이고 무림총연맹을 쓸어버렸다고?"

"이 사람아, 무인들은 원래 얼굴로 판단하면 안 되는 법이여. 무공을 익히면 육십 먹은 노파도 방년 처자 얼굴이 된다니까."

"세상에…… 그럼 이제 앞으로는 어떻게 되는 거야?"

"본인의 뜻을 반대하는 반대파를 모두 죽였으니 독룡의 세상이 되겠지. 아마…… 무림맹주가 되지 않을까?"

"뭐 하러 무림맹주가 되지?"

누군가의 얘기에 다른 이들도 무슨 뜻인가 하여 그를 쳐다보았다.

"어차피 일등 이등 하던 그 무림고수들은 다 죽었잖아. 굳이 무림맹주가 될 필요가 있나? 누가 독룡에게 대들겠어. 무림맹주도 독룡 앞에선 기어야 할 마당에."

그 말을 들은 사람들이 감탄했다.

그렇다.

내로라하는 고수들은 모조리 죽었다. 독룡이 무림맹주가
될 필요가 없었다. 그냥 당가대원의 따뜻한 방에서 말 한마
디 하는 것만으로 전 강호에 뜻을 퍼뜨릴 수 있다. 평생 사
천에서 움직이지 않아도 실질적인 무림맹주로서 강호를 다
스릴 수 있는 것이다.

"그러네. 앞으로는 정말 독룡의 시대가 오겠어."

"다음번 무림맹주는 허수아비겠군."

"그렇겠지. 그래도 뭐 누군가든 하겠지. 자리에 눈먼 사
람들이야 넘쳐나니까."

달그락 달그락.

진자강의 마차는 사람들의 뒷말을 뒤로한 채 길을 갈 뿐
이었다.

＊   ＊   ＊

되레 당가대원의 앞은 한산했다.

"오셨습니까."

문지기도 평소와 다름없이 진자강에게 인사했다.

오가는 이들도 마찬가지였다. 예전처럼 모두가 나와서

진자강을 맞이하고 환영해 주지 않았다.

"집안 분위기가 이상하군요."

진자강은 영귀를 힐끗 쳐다보았다. 영귀가 진자강의 시선을 피했다.

"저는 그럼 이만."

영귀는 입구에서 헤어져 자신의 갈 길을 갔다.

진자강은 핏 웃고는 마중 나온 시비를 따라 안으로 들어섰다.

당하란이 독천을 안고 내원에서 기다렸다. 백원도 보이지 않았다.

"돌아왔습니다."

"고생했어. 배고프지?"

진자강은 묘한 당하란의 반응에 당하란을 가만히 쳐다보았다. 당하란은 수수한 차림으로 마치 여염집 아낙처럼 차려입고 있었다.

"애 좀 보고 있어, 금방 밥 차려 올게."

"알겠습니다."

진자강은 독천을 안고 달래며 놀아 주었다.

내원의 처소라 주방이 없는데도 희한하게 어디선가 지지고 볶는 소리가 들려오고 밥 짓는 냄새가 풍겼다.

그러더니 한참 만에 밥상이 나왔다.

간단한 소채에 볶음, 잡곡밥이었다. 어디 시골 민가에서 볼 만한 찬이었다. 당가의 재정이 어렵다고 해도 워낙 세력이 큰 가문이다. 이런 상은 여태 본 적이 없었다.

"차린 건 없지만 많이 드세요."

당하란이 뭔가 기대하는 눈빛으로 진자강의 건너에 독천을 안고 앉았다. 독천은 진자강에게서 떨어지기 싫어 징징대고 울었다. 그런데도 당하란은 독천을 억지로 잡아 놓았다.

기분이 묘하였다.

밥하는 냄새가 풍기며 앞에 아이를 안고 있는 부인. 그리고 바깥일을 마치고 돌아온 남편.

흔히 생각하는 저녁 식사의 풍경이 아닌가.

진자강은 나물 반찬을 집어 입에 넣고 씹었다. 한 번 씹더니 도저히 웃음을 참지 못하겠는지 폭소했다.

"하하하하! 하하!"

당하란이 뚱한 표정을 지었다.

"뭐야. 맛없어? 그럴 리가 없는데."

"하하하! 아닙니다. 하하하하!"

진자강은 젓가락질을 하려다가 계속해서 웃는 바람에 음식도 제대로 집지 못하였다.

"뭐야, 뭐야아. 뭔데 그래. 차린 게 마음에 안 들어? 영귀가 설마 나한테 거짓말한 거야?"

"영귀였습니까?"

"영귀가 귀띔해 줬어. 당신이 이런 밥상을 원했다고."

하하하. 진자강은 눈물까지 찔끔하며 웃었다.

"도대체 밥은 어디서 지은 겁니까?"

"옆에서. 밥 짓는 냄새 나게 하려고 옆 칸 다 허물어서 아궁이 들이고 주방으로 만들어 놨어."

당하란이 입을 삐죽 내밀었다.

"근데 별로 좋아하는 것 같지 않잖아. 괜히 고생했어. 가주 노릇하는 것보다 이런 게 더 힘들어. 평생 해 본 적이 없었다고."

"아닙니다. 좋습니다."

진자강이 밥을 먹다 말고 일어나 당하란에게 다가왔다. 그러곤 당하란과 독천을 함께 품에 안았다.

"이보다 어떻게 더 좋아합니까. 마음에 듭니다. 진심으로."

장씨에게 얘기를 들은 영귀가 당가대원에 연락을 넣어 당하란이 가장 평범한 하루의 저녁을 직접 만든 것이다. 옆 방까지 급히 허물어 가면서.

당하란이 진자강의 품에 안겨 속삭였다.

"안타깝지만 오늘까지만이야."

"휴가가 겨우 하루라니. 너무한 것 아닙니까? 악덕 가주."

"나도 당신과 예전처럼 한 달쯤 아무 생각 않고 함께 있고 싶어. 하지만 내일부터 당신은 할 일이 아주 많을 거야……. 그러니까 오늘 저녁만큼은 당신만을 위해 준비하고 싶었어."

진자강은 당하란을 꽉 안았다. 독천이 발버둥 치며 울었다.

진자강은 웃으며 살짝 힘을 풀었다. 당하란이 뺨을 진자강의 뺨에 부벼 왔다.

진자강은 행복했다. 어떻게 이리도 현명한 부인을 만날수 있었을까.

당하란은 이미 진자강의 생각을 읽고, 그가 해야 할 일까지도 예측한 것이다.

"고맙습니다……."

"누구에게 하는 인사?"

진자강이 눈을 감고 답했다.

"모두에게…… 천신에게…… 산신에게…… 여기까지내가 올 수 있게 해 준 모든 분들에게……."

"피이, 내가 고마운 게 아니고?"

"당신을 만나게 해 주어서 감사드리는 겁니다."

그 말에 당하란이 크게 기뻐했다. 진자강의 목을 꽉 안고 당하란이 속삭였다.

"나도 당신…… 아주 많이 좋아해……."

＊　　　＊　　　＊

당하란의 말이 거짓이 아님을 말해 주듯, 다음날이 되기가 무섭게 많은 사람들이 당가대원을 찾아왔다.

당하란의 능력이 이번에도 빛났다. 당가대원을 찾은 이들은 갑작스러운 방문임에도 불구하고 당가에 이미 손님 맞을 준비가 완벽하게 되어 있는 데 대해 감탄해 마지않았다.

거리상으로 가장 가까운 문파들부터 사절을 보내왔다. 사천의 문파들과 독문 사벌, 청성파와 아미산을 되찾은 아미파까지도 한자리에 모였다.

그 자리에서 당가의 장로들이 가주 대행인 당하란을 공식적으로 가주로 인정했다. 앞으로 더 수많은 이들이 찾아올 것인데 언제까지 가주 대행의 꼬리표를 붙이고 있을 수는 없었다.

세간에서 빈정대는 시쳇말로 '어린 여자'가 무림세가의 가주에 앉았다. 굉장한 파격이었다.

그러나 이미 보여 준 능력으로 누구도 당하란을 무시하지 않았다. 어차피 무시할 수도 없었다. 그랬다가는 독룡을 만나게 될 테니 말이다.

당가의 가주로서 당하란이 모임을 주재했다.

사천의 문파 사절과 독문 사벌, 청성파와 아미파의 이들이 진자강을 감격스러운 눈으로 보았다. 무인으로서도, 사상가로서도 존경스러웠다.

독문 사벌이 차례로 앞에 나와 포권했다.

"진 대협의 입신(立身)에 감축드리외다!"

나살돈의 천면범도 노관은 한 자루의 검을 준비했다. 탑탁연은 빛이 나는 광물을 내놓았고 육하선도 좋은 술을 가져왔다. 빈의관의 백오사는 웅장한 관을 들고 와서 다소 빈축을 사긴 했으나, 죽는 순간에 모두의 축복을 받으며 이 관에 들 수 있도록 노력하라는 의미를 담았다고 말함으로써 박수를 받았다.

청성파에서는 복천도장이 영단을 내놓았고, 아미파의 인은사태도 아미파의 영약을 준비했다.

사천의 문파들이 하나씩 준비해 온 예물을 내놓으며 인사말을 전했다.

당하란과 진자강이 일일이 감사의 답변을 하고, 순서가 끝나자 연회상을 차렸다.

화기애애한 분위기였으나, 음식이 나오기 전 약간의 공백에 서로들 눈치를 보는 것이 약간의 불편함이 있는 듯하였다.

인은사태가 예의 고혹적인 미소를 지으며 입을 열었다.

"진 대협. 모두가 기다리고 있네. 그만 뜸 들이고 말해주지 않으시겠나?"

다소 화려하지 않은 연회복을 입은 진자강이 고개를 끄덕였다.

"어떤 답을 원하십니까?"

성격이 급한 탑탁연이 귀를 팔락이며 입을 열었다.

"어차피 모두가 같은 생각으로 여기 온 거 아니오? 대놓고 말하지 뭐. 진 대협! 무……."

복천 도장이 반대했다.

"같은 생각이 아닌 것 같소."

"아니, 그러니까 무……."

"내 생각은 다르오."

몇 번이나 말을 하려다가 가로막힌 탑탁연이 큰 귀를 복천 도장 쪽으로 쫑긋하며 화를 냈다.

"거, 사람이 말하고 있잖소!"

노관이 웃으며 탑탁연 대신 말했다.

"무슨 말을 하려는지 다 아니까. 어차피 천하는 진 대협

의 것이 됐으니 이리된 바에 그냥 본인이 무림맹주가 되라
하려는 것 아니오?"

"맞아, 바로 그거야."

복천 도장이 고개를 저었다.

"그 생각이 빈도와 다르다는 것이요."

"하고 싶은 말이 뭐요, 도사."

복천 도장은 탑탁연이 아닌 진자강을 향해 말했다.

"진 대협. 일전에 당가를 찾은 청년들에게 대의에 대해
말한 적이 있다 들었네."

진자강이 수긍했다.

"그렇습니다."

모든 개개인에게는 각각의 정의가 있고 모든 조직에는
조직이 지향하는 정의가 있다. 각각의 정의가 합하고 또 갈
라져 결국은 거대한 대의를 이룬다. 대의는 모두가 공통적
으로 추구하는 명분이며 올바른 협의 기준이니, 올바른 대
의가 만들어지기 위해서는 수많은 정의가 부딪치고 또 부
딪쳐야 한다.

때문에 각각의 정의는 어느 것도 틀리다고 할 수 없으며
오히려 수많은 정의가 난립하는 것이 올바른 강호이다.

또한 같은 크기의 대의가 부딪쳤을 때, 무력으로 판가름

한다. 그것이 강자존의 무림.

복천도장이 그 말의 핵심을, 현재 상황에서 가장 껄끄러운 부분을 직설적으로 말했다.

"진 대협의 말은 결코 틀리지 않네. 진 대협의 말대로 최종의 대의를 서로의 무력으로 해결하는 것은 가장 바람직한 모습의 강호 무림일세. 하지만 이제 진 대협은 천고의 고수가 되었네. 진 대협이 내세운 대의가 설사 그릇되었다 하여도, 그에 대해 반박하며 부딪치고 싶어도 그 누가 진 대협을 무력으로 이길 수 있겠는가!"

애초에 답을 듣고자 한 질문이 아니다. 복천 도장이 스스로 그에 대한 답까지 힘주어 말하였다.

"진 대협, 자네가 바라던 공정한 강호를 위해서는 자네가 빠져야 하네! 그게 현실일세."

복천 도장의 말이 맞다.

진자강은 너무나 강하다. 설사 수많은 정의의 지류가 합하여 장강을 이룬다고 해도 진자강은 물줄기 자체를 바꾸어 버릴 힘을 가졌다. 혼자서 무림을 좌지우지할 수 있다.

일인 강호.

전 무림이 덤벼들어도 진자강을 이길 수 없다.

그러나.

"그게 무슨 문제요?"

탑탁연이 핀잔을 주듯 비웃었다.

"독룡…… 아니, 진 대협은 이미 자신의 대의를 증명했소. 그 대의가 이미 옳은데 다른 놈들의 대의가 뭐 필요하오?"

"필요하오!"

복천 도장이 단호하게 말했다.

"진 대협이 억울한 일을 당하고 세상에 던진 외침도 처음에는 아무도 믿지 않았소. 산동의 여의선랑 또한 자신의 억울함을 외쳤으나 아무도 믿지 않았소. 그러나 지금에 와 그 말이 모두 사실임이 밝혀진 거요. 틀리든 맞든, 천하의 어떤 개새끼라도 자신의 말을 할 수 있어야 하오. 그게 올바른 세상이요."

복천 도장이 진자강에게 강하게 충언하였다.

"진 대협은 본인이 스스로 겪은 일을 외면하지 마시게."

탑탁연은 머쓱해하며 얼굴을 긁었다.

"아니, 도사의 말을 듣다 보니 그 말이 맞는 것 같기도 하고…… 아닌 것 같기도 하고……. 갑자기 헷갈리네."

사천의 문파들이 발언권을 얻어 말했다.

"청성파의 도장께서 하신 말씀, 일리가 있습니다. 하지만 강호에 남은 상처가 큽니다. 상처를 수습할 지도자가 필요합니다."

"맞습니다. 누군가 나서서 정리해야 합니다. 강호의 혼란을 이대로 두고만 보고 있어선 안 됩니다."

"그리고 솔직히 진 대협 외에 누가 무림맹주가 될 수 있겠습니까. 누가 되든 진 대협의 영향을 받게 될 테니, 좋지 못할 것입니다."

그들의 말도 틀리지 않았다.

당하란이 그들의 말을 모두 듣고 난 후에 다른 이들을 돌아보며 물었다.

"다른 의견을 가진 분들이 더 있을 것으로 압니다. 어떤 의견이든 귀 기울여 듣겠습니다. 기탄없이 말씀해 주십시오."

그제야 조심스럽게 복천 도장의 편을 드는 이들이 나왔다.

"내강의 죽림문에서 왔습니다. 가주께서 허락하셨으니 어려운 자리이나, 한 말씀 드리겠습니다. 무림맹주는 백도 무문의 모든 문파들을 포용하고 통합된 길을 갈 수 있어야 합니다. 진 대협에겐 적이 많습니다. 무림맹주에 오르기에 너무 많은 피를 보았습니다."

다른 이도 동감을 표했다.

"진 대협의 무공은 이미 천상천(天上天). 하늘 위의 하늘에 닿아 있습니다. 또한 지닌 뜻도 훌륭합니다. 하나 고인 물은 언젠가 썩습니다. 강호 무림의 역사에서도 몇 번이고 같은 일들이 있었습니다. 초기에는 올바른 대의와 훌륭한 정치력을 가진 맹주들도 기간이 오래되면 결국 무능해지고 부패했습니다."

진자강을 무림맹주로 추대하는 쪽의 문파에서 즉각 반론했다.

"귀하들의 말도 틀리진 않으나 그 말에 따르자면 진 대협이 강호에 영향을 주지 않는 방법은 하나뿐이오."

모두가 그 방법을 알고 있었다.

은퇴.

"하지만 진 대협은 젊고 은퇴는 이르오. 이제 막 날개를 펴기 시작한 이에게 어찌 날개를 꺾으라 할 수 있소. 무림을 은퇴하라고 강요하는 것이오?"

"아직 해결되지 않은 일들이 남았습니다. 상계의 책임은 물론이고 백리중에게 가담했던 잔당들도 처리해야 합니다. 진 대협이 그들에게 최소한의 책임을 지우고 징치해야 본보기가 될 겁니다."

반대쪽에서도 답했다.

"잔당 처리는 다른 이들도 할 수 있소."

"이미 모든 뜻을 이루었는데 무림에서 은퇴하지 못할 이유가 없소이다."

양쪽에서 계속 의견 공방이 오가며 적잖이 분위기가 달아올랐다.

진자강은 섣불리 대답하지 않고 모두의 말을 경청했다. 다소 듣기 껄끄러운 의견도 표정 하나 변하지 않고 들었다.

진자강이 보고 있으니 욕설이나 고성은 나오지 않았으나, 서로가 주장하는 방향이 완전히 달라 의견이 좁혀지지 않았다. 아무리 열띤 주장을 해도 평행을 달릴 뿐이었다.

회의 시간이 길어지자 그사이에도 강호의 여러 문파에서 당가대원을 찾아왔다. 사람이 오지 못한 쪽은 서신을 보내왔는데, 그 대부분이 진자강에게 무림맹주에 오를 것을 권유하는 서신이었다.

연회는 길게 이어져 한밤을 지나 새벽까지 향했다.

이제는 말하는 이들이 지쳐서 소강상태가 되었다. 그 정도가 될 때까지 한마디 말도 없이 듣고 있는 진자강도 대단하였다.

그러니 기나긴 시간을 참고 복수까지 마칠 수 있었을 거라는 걸, 모두가 새삼 느끼는 바였다.

마침내 포기한 듯 탑탁연이 말했다.

"우리가 이러쿵저러쿵해 봐야 결국 결정은 본인에게 달려 있소이다."

모두가 진자강을 바라보는데, 한 청년이 발언했다.

"선배님들의 말씀이 끝나신 것 같으니 저도 한마디 드리고 싶습니다."

예전에 진자강이 젊은 청년들을 상대로 연설했을 때에 자리에 있던 이였다.

"당시 대협의 말씀에 감명을 받고 돌아가 사문의 어른들을 설득했습니다. 덕분에 무림총연맹에 가시겠다는 걸 말릴 수 있었고, 살아…… 남게 되었죠."

"기억합니다."

"일전에 우리가 찾아왔을 때 대협께서 해 주신 말씀에 깨달았습니다. 강호의 미래를 결정하는 건 결국 각각의 개인이고, 추종해야 할 우상이 아니라는 걸."

청년이 진자강을 바라보고 진지한 얼굴로 포권하며 말했다.

"대협을 믿습니다. 우상이 되지 마십시오."

그 말에 불씨가 되살아났다.

나살돈의 천면범도 노관이 청년의 말에 질세라 힘껏 포

권하며 말했다.

"진 대협! 무림맹주가 되시오!"

진자강이 무림맹주가 되기를 바라는 이들이 모두 자리에서 일어나 포권하며 외쳤다.

"무림맹주가 되시오!"

반대쪽 의견을 가진 이들도 벌떡 일어나서 포권하며 소리쳤다.

"대협의 순수성을 의심하지 않게 하여 주십시오!"

"대의의 순수함을 지켜 주시오!"

각각의 말들이 연회장을 울렸다.

당하란이 진자강을 쳐다보았다.

어쩔 거야?

눈빛이 묻고 있었다.

심산유곡에서 음풍농월하며 유유자적 즐기는 삶도 나쁘지는 않을 것이다. 그리고 그것이 본래 진자강이 원하던 것이기도 하였고.

그러나 진자강은 당하란의 입가에 어린 웃음을 보았다.

대답을 이미 알고 있으면서.

그래서 옆방까지 부숴 가며 진자강이 바라던 저녁 한 끼를 손수 만들었으면서.

진자강이 몸을 일으켰다.

순간 쥐죽은 듯 모두가 입을 다물고 진자강을 주목했다.

마침내……!

꿀꺽.
모두의 목에서 마른침이 넘어갔다. 이제 내뱉을 진자강의 한마디가 앞으로 강호의 정세를 판가름하게 될 것이다.
하지만 진자강은 곧바로 말을 하지 않고 인은 사태를 잠깐 보았다.
굳이 다른 사람도 아니고 인은 사태를?
인은 사태 역시 진자강의 시선에 자못 의아해했다가, 곧 진자강의 의도를 깨닫고는 빙긋 웃었다.
인은 사태가 섬섬옥수를 들어 진자강에게 결심한 바를 말하라 권하는 손짓을 취했다.
진자강이 고개를 끄덕였다.
그러곤 결연한 어조로 말했다.
"저는……."

*　　　*　　　*

"가만 있어 봐아!"

"괜찮습니다."

끼악 끼악!

"백원 너 저리 가지 못해? 기껏 세운 깃이 다 흐트러졌잖아."

끼악 끼악!

백원이 당하란에게 혼나 구석으로 쫓겨났다. 당하란은 투덜거리면서 진자강의 옷매무새를 고쳐 주고 상투를 남청색 띠로 묶어 주었다.

"이제 본가를 나갈 때부터 남들이 무림맹주로 볼 텐데 위엄이 있어 보여야지."

"혼자서 맹까지 조용히 갈 겁니다. 아마 내가 무림맹주라고 생각도 못 할 것……."

"그래서 예쁘게 하고 가는 게 싫다는 거야? 바가지 긁히고 싶어? 삼 년이나 떨어져 있는 것도 화나는데."

진자강은 바로 사과했다.

"미안합니다."

당하란이 진자강의 장포 어깨에 올려진 머리카락을 집어 버리며 툭툭 털어 주었다.

"좋아. 이 정도면 됐어. 무림맹주의 부인 얼굴에 먹칠은 하지 않겠지."

어차피 집 밖만 나가면 흙먼지를 맞을 수밖에 없지만 당하란의 마음을 이해 못 하는 바는 아니었다. 당하란이 독천이의 손을 잡고 흔들면서 말했다.

"독천아. 맹주 아빠 첫 출근이야. 자, 맹주님 잘 다녀오세요오 해야지? 어서."

"빠빠."

"여보! 독천이가 말하는 거 들었지? 응? 응?"

"가겠습니다."

"아니 잠깐! 그냥 가면 안 되지!"

"또 해야 할 게 남아 있습니까?"

"당연하지! 당신이 맹에 가 있는 동안 나도 거기 가 보기 힘들 테니까. 그동안에 독천이는 말을 배울 테고 둘째도 나올 거 아냐."

"아마 그렇겠지요."

당하란이 살짝 부풀기 시작한 배를 만지며 말했다.

"하나 적고 가."

"예?"

"가훈."

뜬금없는 당하란의 요구에 진자강이 눈을 깜박거렸다.

"이렇게 갑자기요? 생각해 본 적이 없습니다만."

"번듯한 집에는 원래 가훈이 있어. 무림맹주의 집에 가훈이 없는 것도 이상하잖아. 거창하게 생각할 것 없이 평소의 지론을 적어봐. 당신이 없는 동안 당신이 적어 준 가훈을 아이들에게 가르칠 거야."

"가훈이라……."

진자강은 잠시 생각하는 동안 당하란이 지필묵을 준비했다. 독천이 새까만 먹을 손에 묻혀서 백원의 털에 문지르며 까룩거렸다.

"생각났어?"

당하란이 재촉했다.

"예."

진자강이 먹을 갈고 붓을 들었다. 그리고 두 글자를 적었다.

진자강이 쓴 글자는…….

염방(廉防)이었다.

"염방?"

당하란이 고개를 갸웃했다.

"내가 아는 것과 다른 뜻이야?"

"생각한 게 맞습니다."

염방은 염치를 알고 예의를 잊지 말라는 뜻이다. 그러나 굳이 왜 이런 말을 가훈으로 적었는지 의아하다.

진자강이 말했다.

"제가 죽인 많은 이들은 대부분 자신의 죄를 인정하지 않았습니다. 억울함을 토로하며 남의 탓을 했습니다."

"뻔뻔하네."

"맞습니다. 몰염치한 이들이었지요. 만일 그들에게 염치가 있었다면 그런 일들을 저지르지 않을 수 있지 않았을까, 가끔 생각했습니다."

진자강이 미소 지었다.

"그래서 가훈을 이렇게 적어 봤습니다. 어떻습니까?"

"후웅."

당하란은 잠깐 생각하는 듯하다가 곧 싱긋 웃으며 종이를 들었다.

"마음에 들어. 염치 있는 사람이 되자. 부자 되고 잘사는 것보다 사람 되는 게 먼저지. 당신 바람대로 우리 아이들은 그렇게 자랄 거야. 편액을 해서 대청에 걸어 둘게."

진자강은 마지막으로 당하란과 독천을 안아 준 후 방을 나왔다.

방 앞에서 벌써 한 시진도 넘게 기다리고 있던 무사들의 얼굴이 그제야 환해졌다.

"의복이 잘 어울리십니다!"

"잘 다녀오십시오!"

진자강이 작은 미소를 지으며 앞장섰다.

"다녀오겠습니다."

*   *   *

"푸하하하하!"

"……."

"와하하하!"

당청이 데굴데굴 굴렀다. 나름 진자강을 배웅한다고 비싼 비단옷을 입고 왔는데, 정작 진자강을 보곤 흙바닥을 마구 구르는 바람에 온몸이 흙투성이가 되었다.

한참을 그러더니 갑자기 벌떡 일어나서 하늘을 보며 진지하게 외쳤다.

"무림맹주가 되겠습니다! 하지만, 삼! 년! 뒤! 배꽃이 필 때 무림맹을 떠나겠습니다!"

데굴. 당청의 눈동자가 진자강을 향했다.

"푸흡!"

당청이 다시 바닥을 굴렀다.

"아이고 배꼽이야! 으하하하하! 배꽃이 필 때 떠난대, 배꽃이! 배꽃 안 피면 맹주 계속하는 거냐? 으하하하!"

"……."

부르르…….

진자강의 눈 끝이 아주 잘게 떨렸다.

당청이 눈물을 그렁거리면서 진자강을 손가락으로 가리켰다.

"이야…… 잘하면 무림맹주가 사람 치겠다? 너 이제 사람도 안 죽인다며."

"안 죽인다고 했지 치지 않겠다고는 안 했습니다."

진자강의 눈이 가늘어졌다.

"뭐 하러 왔습니까. 없는 사람이면 없는 사람처럼 사시지요."

당청은 히히덕대며 대답했다.

"그 얘기 듣고 웃겨서 왔지."

"많이 웃으십시오. 그럼 저는 이만."

진자강이 당청을 무시하고 가려 하자 당청이 뒤에서 급하게 진자강을 불렀다.

"잠깐만! 갈 때 가더라도 하나만 알려 줘라."

진자강이 멈춰서서 돌아보았다.

당청은 눈을 반짝이며 물었다.

"네가 사람들 앞에서 무림맹주가 되겠다고 수락하기 전에 인은 사태를 쳐다보았다지? 왜 그런 거냐?"

"글쎄요."

당청이 눈을 크게 떴다.

"어어? 설마 그때 나랑 너랑 사태랑 있던 자리에서 사태가 네게 했던 그 말 때문인 거냐?"

진자강이 답을 하려다가 빙긋 웃었다.

"많이 궁금해하십시오. 저는 이만."

"야! 맹주야! 맹주야! 그거 맞지? 그때 그거! 그거 하겠다고 맹주 따위를 하러 가겠다는 거지?"

당청이 황급히 진자강을 불렀지만, 진자강은 뒤도 돌아보지 않고 무림맹을 향하여 떠나 버렸다…….

인은 사태가 진자강에게 물었다.

시주가 복수하고자 하는 대상이 개인인가, 집단인가.

아니면…… 제도(制度)인가.

〈수라전설 독룡 본편 완결〉

독룡의 아이들

　대여섯 살 안팎의 여아와 그보다 어려 보이는 남아가 흙 바닥에 쪼그리고 앉아 소꿉장난을 하고 있었다.

　남아가 여아를 채근했다.

　"빨리 해 죠. 빨리."

　여아가 귀찮아하다가 채근을 못 이기고 일어났다. 여아 가 나뭇가지 세 개를 주워 들고 흔들며 남자 어른의 목소리 를 흉내 내어 소리쳤다.

　"협의불원 사마멸진! 강호평평 태도관청! 강호의 정의를 위해 싸우자아!"

　남아가 좋아하면서 표정을 다듬더니 자못 근엄한 모습으

로 여아에게 손가락질을 했다.

"네 이노옴 금강천검! 세상을 어지럽히고 무고한 이들의 생명을 앗은 죄, 나 독룡이 너의 죄를 단단히 물을 것이다!"

앳된 목소리였지만 누구보다 진지한 얼굴이었다.

그러나 여아가 곧 나뭇가지를 던져 버렸다.

"재미없어. 나는 싸우는 놀이 싫어."

남아가 시무룩해했다.

"하지만 누나가 안 하면 나랑 놀아 줄 사람이 없는걸."

"그렇지. 아 참, 그래."

여아의 눈이 장난기를 품고 반짝거렸다. 여아가 소곤거리며 목소리를 낮추어 말했다.

"너 그거 알아? 아빠가 무인들이 많이 있는 검문소를 통과할 때 어떻게 했는지?"

"응?"

남아가 손가락을 물고 생각하다가 대답했다.

"다들 아빠가 절름발이라고 알아서 발을 절지 않고 지나갔지?"

"쯧쯧쯧. 너는 하나부터 열까지 아빠처럼 되고 싶다면서 그런 것도 몰랐구나? 잘 들어. 누나만 알고 있는 거 가르쳐 줄게."

"누나! 가르쳐 죠. 가르쳐 죠!"

"대신 꼭 해야 한다?"

"으응!"

여아가 남아에게 어른 여자의 옷을 입혔다. 얼굴에 하얗게 분을 바르고 연지도 찍었다.

"……."

남아가 자신의 모습에 이상함을 느끼고 옷을 이리저리 매만졌다.

여자 어른의 옷을 입어서 옷자락이 바닥에 질질 끌렸다.

"진짜 아빠가 여장한 거 맞아?"

"맞아. 여장을 하고 지나간 거였어. 그러니까 머리 땋게 가만 좀 있어 봐. 너 아빠처럼 되고 싶다며."

"이상한데……."

남아는 연신 끌리는 치맛자락을 잡고 걷다가 발이 걸려 바닥에 꽈당 엎어지기까지 했다. 남아의 얼굴에 눈물이 고였다.

여아는 남아가 울까 봐 놀라서 주변을 두리번거리다가 남아에게 일렀다.

"아빠는 이런 일로 울지 않아. 알았어?"

"으, 으응."

남아가 울먹이면서 울음을 참았다.

그러다가 바닥에 기어가는 지네를 보았다.

"앗, 오채오공이다!"

남아는 언제 울었냐는 듯 지네를 주워서 입에 넣었다.

"냠."

여아가 인상을 쓰고 뒤로 물러났다.

"으…… 이 땅거지 같은 게. 빨리 뱉어, 얼른!"

"시이러!"

오작 오작.

남아가 지네를 씹어 먹었다.

여아가 남아의 머리를 쥐어박았다.

"아우 씨! 아빠 따라 할 게 따로 있지."

딱!

남아가 눈물을 글썽거렸다. 뺨을 타고 흐르는 눈물의 색이 순간 탁해지면서 주변에 독기가 훅 풍겼다.

"야, 니가 자꾸 그러니까 너 때문에 나까지 집 밖을 못 나가잖아. 자꾸 독기 뿜을래?"

"히이이잉."

남아가 울기 시작했다.

그때 멀리서 여아와 남아를 부르는 목소리가 들려왔다.

"독천아, 너 동생 괴롭히지 말라고 했지."

진자강이었다.

독천이 아빠를 보고는 재빨리 손을 뒤로 감추었다.

"아냐, 아빠. 경이 괴롭힌 거 아냐. 경이가 자꾸 이상한 거 주워 먹고 그래서 내가 그러지 말라고 혼내 준 거야."

진자강이 눈을 가늘게 떴다.

"우리 집 가훈이 뭐지?"

독천이 고개를 숙이면서 풀이 죽은 목소리로 대답했다.

"염방이요……."

"염방이 무슨 뜻이지?"

"염치를 알고 예의를 잃지 말자는 뜻이에요……."

"그런데 예의를 아는 사람이 동생을 땅거지라고 부르면 되겠니?"

"아니요……."

뒤에서 따라오던 당하란은 여장을 하고 기우뚱거리며 일어나다가 또 엎어지는 당경을 보고 웃었다.

"쟤는 왜 저러고 있는 거야?"

"헤헤헤."

독천이 헤실 웃더니 재빨리 소리치며 달아났다.

"잘못했습니다아아아! 잘못했으니까 오늘 저녁 안 먹을게요!"

"독천이, 너 이 녀석! 누가 벌을 스스로 정하라고 했어?"

"어차피 그렇게 하실 거잖아요오."

진자강이 내공을 뿜어내어 도망가지 못하도록 독천을 가두려 했다. 부드러운 기운이 막 문을 빠져나가려는 독천을 감쌌다. 독천이 미꾸라지처럼 몸을 이리저리 비틀어 대더니 내공의 그물 사이를 쏙 빠져나갔다.

진자강이 내공을 더 끌어 올리고 바닥에 손을 짚었다.

내공이 땅으로 스며들어 독천이 달아나는 문 쪽의 바닥에서 기둥처럼 솟아올랐다.

텅! 텅 터엉!

내공의 기둥이 흙먼지를 피워 올리며 튀어나와 문을 막았다.

어찌나 내공의 기둥이 두터운지 문이 흐릿하게 보일 지경이었다. 하지만 독천은 마구 튀어나오는 기둥의 사이로 겁도 없이 뛰어들었다.

진자강이 그대로 내공을 뿜어내어 기둥을 세우면 부딪혀서 크게 다칠 상황이었다. 진자강은 별수 없이 내공에서 삼푼의 힘을 뺐다. 다소 힘이 빠진 기둥이 느릿하게 튀어 올랐다.

독천은 그사이에 냉큼 기둥들을 비집고 문을 뛰쳐나가 버렸다.

"다녀오겠습니다아!"

진자강은 길게 한숨을 쉬었다. 자신이 힘을 뺄 것까지 염두에 두고 움직인 것이 분명했다.

뒤에서 보고 있던 당하란이 웃었다.

"아빠랑 하는 행동이 똑같아. 게다가 달사보(潙蛇步)는 언제 저렇게 익혔대?"

진자강이 한숨을 쉬었다.

"하아, 재능은 있는데 무공을 열심히 배우려고 하지 않습니다."

"그거 어디서 많이 듣던 말인데."

당하란이 웃었다.

한숨을 쉰 진자강은 당하란을 돌아보았다.

"그나저나 당신, 독천이가 저러는데 아무 말도 안 할 겁니까?"

"낮에 내내 경이랑 놀아 줬다며. 저녁에 잠깐이라도 놀러 나가게 내버려 둬."

저녁을 안 먹으면 저녁 자리에 없어도 되니 그사이에 당가대원의 밖에 나가 놀려는 것이다.

당하란이 미소 지었다.

"저 정도면 기특하잖아."

동생인 당경은 독천과 달리 아직까지도 독기를 제어하지 못해 시시때때로 분출했다. 진자강의 일가족에게야 별일 아니지만 다른 이들에게는 치명적인 독기였다.

때문에 후원에는 진자강의 가족과 몇몇 이외에는 들어오지도 못하였다. 당경을 밖으로 내보낼 수도 없었다. 그런데 독천은 자기가 누나라고 착하게도 당경과 놀아 주고 있었다.

한창 놀 나이에 동생을 돌보고 있으니…… 가끔 동생을 괴롭히긴 해도 기특하기 그지없는 일이었다.

진자강도 당하란의 말에 수긍했다.

"기특이야 하지요. 하지만 꾀만 부리고 도망 다니니 걱정됩니다."

"그러게 누굴 닮아서 저러는지 몰라."

당하란이 말했다.

"아, 미리 말해 두는 건데 나는 아냐. 난 어렸을 때부터 시키는 것만 고지식하게 한 성격이라서."

"……그럼 납니까?"

"당신이겠지? 나는 아닌데 당신도 아니면 이상하잖아."

당하란이 웃으면서 진자강의 손을 잡았다.

"말해 봐. 당신은 어렸을 때 어땠어."

"잘 모르겠습니다. 그냥 약초 따러 다니고 놀러 다니고 그랬던 것 같습니다."

"독천이랑 똑같네, 뭐."

"……."

진자강은 왠지 아니라고 할 수 없었다.

"으앙, 엄마. 아빠."

당경이 울면서 당하란과 진자강에게 뛰어왔다.

감정이 격해지니 또다시 독기를 풀풀 풍겼다. 이래서 이곳 진자강과 당하란의 거처에는 시비도 없고 하인도 없다.

진자강이 당경에게 말했다.

"숨을 크게 들이쉬고 천천히 내뱉어서 호흡을 안정시키거라. 조식법 가르쳐 주었지? 수승화강으로 뜨거운 기운을 아래로 내리고……."

당경이 울다 말고 빤히 진자강을 보더니 이내 더 크게 울었다.

"으아앙, 아빠아빠. 안아 죠, 안아 죠!"

당경은 진자강의 바짓가랑이를 붙들고 더 서럽게 울어 댔다. 안아 달라며 팔을 벌리고 꺼이꺼이 숨이 넘어갈 듯 울었다.

진자강이 난색을 표했지만 당하란은 도와주지 않았다.

"왜 날 봐? 무림맹에서 돌아온 뒤부터는 당신이 맡기로 했잖아."

"삼 년 동안 아이들을 돌보지 않은 건 미안하게 생각합니다."

"삼 년 아니고 사 년. 그동안 집에 한번 와 보지도 않았고. 당신이 바빴을 건 이해해. 그때 그건 그거고, 지금은 하는 일 없는 백수잖아. 이제는 당신이 나를 도와주어야지."

당하란이 또박또박 말했다.

"당신 몫까지 내가 일하고 있으니까."

진자강이 무림맹주에서 내려오고 강호의 일에서 손을 뗀 뒤로 당가의 역할은 더욱 지대해졌다. 진자강이 원하든 원하지 않든, 당가가 무림의 대소사에 큰 영향을 끼치는 건 현실이었고 그 당가의 가주가 바로 당하란이다. 지금의 당하란은 예전보다도 훨씬 더 눈코 뜰 새 없이 바빠서 초보 아빠인 진자강에게 육아를 거의 맡기다시피 할 수밖에 없었다.

"그렇다고 도와주지도 않을 겁니까?"

"그럼 내가 원하는 일 한 가지 도와주기. 어때?"

"무림의 일은 하지 않⋯⋯."

"그야 일을 시키는 사람 마음이고."

진자강은 당하란의 단호함에 치를 떨었다.

"부부간에 너무하는 거 아닙니까?"

"가까운 사이일수록 지킬 건 지켜야지."

진자강도 어쩔 수 없었다. 바닥에 자빠져서 발버둥을 치며 꺼억꺼억 서럽게 우는 당경을 보더니 제안을 수락했다.

"알겠습니다!"

"거래 성립."

당하란이 당경을 냉큼 들어 안았다.

"그만 울어. 뚝."

"히이잉……."

"자꾸 떼쓰고 울면 아빠한테 옛날얘기 해 주지 말라고 할 거야. 아빠가 옛날에 멋있게 싸운 얘기 듣고 싶지?"

당경이 코를 훌쩍이면서 고개를 끄덕였다.

"그럼 울지 말고 가서 얼굴부터 씻고, 그리고 저녁 먹자. 저녁 먹을 때 아빠가 재밌는 얘기 해 주실 거야."

"알았떠여. 재밌는 얘기 해 주세요."

당하란이 당경을 내려 두자 당경은 길게 늘어진 옷자락을 잡고 뒤뚱뒤뚱 우물가로 걸어갔다. 아직 나이도 어린데 혼자서도 능숙하게 우물물을 길어 대야에 붓고 얼굴을 씻었다.

진자강이 어이없어하며 당하란을 쳐다보았다.

"내 얘기를 해 준다는데 왜 내 말은 안 듣고 부인 말을 듣는 거지요?"

그러면서도 안도의 한숨을 내쉬는 진자강이었다. 그 모습에 당하란은 다시 웃음을 터뜨렸다.

"아이들은 그냥 떼를 쓰는 게 아냐. 어디까지 자신의 요구가 관철될 수 있는지 확인하는 거지. 그렇게 인간관계를 배워 가. 그 안에서 자신의 위치를 확인해. 어른의 관점으로 아이와 대화를 할 수는 없어."

"왠지 너무 간단해서 손해 본 기분입니다."

"좋아. 그럼 덤으로 한 가지 더 알려 줄게."

당하란이 말했다.

"난득호도(難得糊塗). 아이를 키울 땐 부모가 좀 더 바보가 되어야 해."

난득호도는 똑똑한 사람은 어리숙해 보이기가 어렵다는 뜻이다.

당하란은 혼자서도 세수를 잘 하고 있는 당경을 보며 진자강에게 말했다.

"당신은 똑똑하니까 아이들의 어수룩함이 답답할 거야. 당신이 알고 경험한 걸 가르치고 싶고 알려 주고 싶을 거야. 하지만 아이들은 부모의 마음대로 크지 않아. 내 뜻대로 되지도 않아."

"그럼…… 지켜보기만 해야 합니까?"

"나는 아이들을 다그친 적이 없어. 왠지 알아?"

당하란이 다소 피곤해 보이지만 맑은 눈으로 진자강을 보았다.

"당신의 아들딸이라서. 세상에서 가장 지혜로운 아빠의

피를 이어받았으니까 내가 이래라저래라하지 않아도 알아서 잘할 거라고 생각했거든."

진자강은 가만히 당하란을 보다가 천천히 고개를 저었다.

"조금 전에 했던 말 취소해야겠습니다. 간단하지 않고 쉽지도 않은 일이군요."

"당연하지. 그래서 애 보기가 힘든 거야. 하지만 천천히 익숙해질 테니 걱정 마. 누가 뭐래도 당신은 저 아이들의 아빠니까."

당하란이 팔짱을 끼듯 진자강의 팔을 두 손으로 잡았다.

"우리 아이들은 잘 자랄 거야. 좋은 환경에서, 좋은 음식을 먹고 좋은 선생님들에게 배우게 될 테니까. 하지만 다른 아이는 어떻게 자랄까."

당하란은 진자강의 어깨에 기대어 작게 말했다.

"그 아이도 돌보아 줘. 그게 내가 당신에게 원하는 일이야."

*   *   *

당가대원에는 늘 많은 손님들이 찾아왔다.

동생 당경과 놀아 주느라 자의 반 타의 반으로 밖에 나가

지 못하는 독천에게는 새로운 사람을 만나는 것이 즐거운
일이었다.

각계각층에서 찾아온 손님들은 독천이를 보고 늘 웃으며
인사해 주었다.

"호오, 네가 독룡의 딸인 독천이구나."

"한눈에 보기에도 맹주님의 딸이 맞는 듯하네. 판박이구
먼."

"독룡보다는 가주님을 더 닮지 않았는가?"

"어렸을 때 엄마를 닮으면 커서는 아빠를 닮겠지."

"이야아, 맹주의 딸이라니. 참으로 감개가 무량하네."

"예쁜 아가로구나. 아빠는 안에 계시니?"

"아버님은 무림맹을 나오고 별말 없으시더냐?"

"맹주님은……."

"독룡은……."

독천이는 금세 재미가 없어졌다. 찾아온 손님들은 전부
독룡만을 찾고 궁금해했다. 독천이 무엇을 좋아하고 무슨
얘기를 하고 싶어 하는지는 관심이 없었다. 심지어 독천에
게 가까이 오지도 않으려 했다.

"아이들이랑 놀아야지."

독천이는 어른들을 내버려 두고 아이들을 찾아다녔다.
가끔 비슷한 연배의 아이들도 찾아오곤 했다.

"안녕?"

독천이가 또래의 남자아이를 발견하고 인사했다.

예쁘장한 독천이가 인사하니 남자아이의 얼굴이 빨개졌다.

"안…… 녕."

"넌 이름이 뭐야?"

"나는……."

남자아이의 보호자인 듯한 여자 어른이 독천이를 보고 고개를 갸웃했다.

"얘. 남의 이름을 물으려면 자기 이름부터 말하는 게 예의란다. 넌 누구니?"

"저는 독천이에요."

독천이 남자아이에게 손을 내밀었다.

"우리 같이 놀……."

순간 남자아이가 손을 움츠렸다. 남자아이는 물론이고 보호자도 마찬가지였다. 남자아이를 끌어당기면서 억지로 웃는 것이었다.

"이 아이는 너와 놀 수가 없단다."

"왜요?"

"그건……."

보호자가 곤란해했다.

"미안하지만 다른 아이와 놀아 주겠니?"

"네, 알았어요."

이유가 있을 거라고 생각한 독천이는 다른 아이들을 찾아다녔다. 그러나 다른 아이들도 독천이를 기피하긴 마찬가지였다.

나중에야 그것이 독기 때문이란 걸 안 독천은 억울했다.

"저는 그러지 않아요. 동생처럼 독기를 함부로 내뿜지도 않는걸요."

하지만 독천은 아직 아이였고, 언제 어떻게 돌발 행동을 할지 몰랐다. 그런 독천에게 상승의 고수도 버티기 힘든 독까지 있는 것이다. 실수로라도 독기를 뿜으면 어린아이들은 한순간에 싸늘한 시체가 될 터였다.

그렇게 되면 누구에게 따질 수 있겠는가.

전 무림맹주이며 수라왕으로 불리는 독룡 진자강에게?

강호를 좌지우지하는 당가의 가주에게?

아무리 진자강이나 당하란이 공정하고 정의로운 성격이라도 이미 죽은 아이를 되살릴 수는 없고, 혈채를 받겠다고 독천이를 죽여 달라 할 수도 없는 노릇이 아닌가.

그럴 바엔 애초에 어울리지 않는 편이 가장 속 편한 일이었다.

그래서 찾아오는 손님이 아무리 많아도 독천은 늘 외로 웠다. 그냥 멀리서 구경하는 게 다였다.

"맨날 아빠…… 아빠…… 다들 아빠만 찾고. 피이. 독천 이는 심심하다……."

할 수 없이 독천은 당경과 놀 수밖에 없었다.

당경도 바깥을 나가지 못해 외로웠지만 가끔 밖으로 나 갈 수 있는 독천도 외롭기는 마찬가지였다.

*　　　*　　　*

세월이 흘러 독천도 자랐다.

열세 살, 약간 사나운 듯 날카로운 눈매를 가졌지만 굉장 히 예쁜 얼굴의 소녀가 되었다. 발랄하고 생기 넘치는 눈동 자가 쉴 새 없이 호기심으로 반짝거렸다.

당유정.

독천이란 아명을 벗어나 새 이름을 받았다.

당가에서는 남아고 여아고 열셋이 되면 가문의 일을 배 워야 했다. 당유정도 예외가 아니었다. 간단한 가내의 업무 부터 시작해 마침내 당가대원 밖으로 나가는 일을 받게 되 었다.

당유정은 어른이 된 것 같은 기분으로 첫 외출 임무를 기대했다. 흥분으로 두근거려 전날엔 잠도 설쳤다.

임무의 내용은 간단했다. 당가대원에서 한 시진도 걸리지 않는 거리의 가신 가문에 물품을 보내는 데 무사들과 함께 동행하는 일이었다.

사천이고, 그것도 당금 천하제일 세가로 불리는 당가가 있는 성도였다. 별다른 일이 일어날 여지가 없었다. 실패할 수도 없는 일이었다.

가신 가문에 도착할 때까지 아무 일도 일어나지 않았다. 가신 가문의 장원에 들어온 당유정은 신기한 눈으로 이곳 저곳을 기웃거렸다.

집 밖에 이만큼 멀리 나온 것도, 다른 무가의 장원에 와 본 것도 처음이었다.

여러 남자아이들이 무공 수련을 하는 광경이 보였다. 동생인 당경 말고 자신의 또래가 집단으로 무공 수련을 하는 모습도 처음이었다.

"하아!"

"히야! 합!"

돌아갈 때까지 시간이 남았다. 당유정은 방해가 되지 않게 구석에 앉아 수련하는 모습을 지켜보았다. 일반 무사가 되기 위한 기초 수련이기에 아주 대단한 훈련은 아니었다.

그래도 열심히 목검을 휘두르는 아이들의 모습이 왠지 재미있었다.

그런데 유독 한 소년이 당유정의 눈에 들어왔다.

"와아……."

다른 아이들보다 체격이 왜소한 편이고 실력도 좋아 보이지 않았지만, 잘생겼다. 눈빛에 열정도 가득했다. 아빠이외에 그런 남자아이의 눈빛을 본 것도 제법 낯설었다.

당유정은 소년을 지켜보았다. 힘차게 기합을 지르고 땀을 흘리는 모습이 왠지 멋져 보였다. 기분이 점점 이상해졌다.

콩콩 가슴이 뛰고 얼굴이 벌게졌다.

당유정은 저도 모르게 소년을 주시했다. 주변의 아이들은 보이지 않고 그 아이만 보였다. 수십 명이 움직이고 뛰었으나 당유정의 눈에는 소년만 들어왔다. 소년을 보고 있으니 시간이 가는 줄도 몰랐다.

잠시 쉬는 시간이 되자 아이들이 모두 주저앉거나 벌러덩 누워 버렸다.

당유정은 조심스럽게 소년에게 다가갔다.

"안녕. 무공 수련하니?"

땀과 흙먼지로 범벅이 된 소년이 좌우를 두리번거리다가 자신을 가리켰다.

"나?"

"응. 나 오늘 처음 밖에 나왔는데, 우리 친구 할래?"

행동은 거침이 없었으나 당유정의 가슴은 콩닥콩닥 뛰고 있었다.

소년은 당유정을 위아래로 살짝 훑어보았다. 당가에서 나온 건 확실하지만 일반 무사의 옷차림을 해서 누군지 알아볼 수 없었다. 아까부터 계속 자기를 쳐다보고 있어서 의아하긴 하던 차였다.

물론 예쁜 여자아이가 친구 하자는 걸 거절할 이유는 없었다.

소년이 얼떨떨해하면서 수락했다.

"그, 그래. 뭐 친구라면."

"그럼 우리 놀러 가자!"

"뭐?"

소년은 고개를 저었다.

"나 수련이 아직 남아서 안 돼. 열심히 수련해서 고수가 되고 싶어."

"괜찮아. 나중에 내가 가르쳐 줄게."

"네가?"

옆에서 수련했던 덩치 커다란 아이들이 당유정을 비웃었다.

"본가에서 왔다고 잘난 척하긴. 그래 봐야 너도 선배들 뒤나 따라다니는 수습 무사일 건데 누가 누굴 가르치냐?"

"푸후."

당유정이 자신만만하게 팔짱을 끼고 코를 세웠다.

"진짠지 아닌지 한번 볼래?"

수련 중에 이미 실력은 다 봐 두었기 때문에 두려울 게 없었다.

"야, 관둬. 우린 여자라고 안 봐준다."

"엄마엄마 하면서 울게 될걸?"

남자아이들이 킥킥대며 웃었다. 당유정이 손가락을 까딱거렸다.

"아아, 겁나니? 그럼 혼자 오지 말고 한꺼번에 다 와 봐."

"뭐?"

수련을 하던 남자아이들은 서른 명이 넘었다.

"너, 후회하지 마. 진짜 혼날 줄 알아."

남자아이들 몇이 목검을 들고 우르르 당유정을 둘러쌌다.

당유정의 눈이 반짝 빛났다.

휘릭.

당유정의 몸이 사라졌다. 남자아이들은 어? 하는 순간에 공중을 날았다.

"우와악!"

"으악!"

당유정에게 팔다리를 잡혀 던져지고 오금을 차여 자빠졌다. 어깨를 툭 밀면 뒤로 넘어져 네 바퀴를 굴렀다. 팔을 걸어 돌리면 뱅그르르 돌다가 넘어졌다. 당유정을 둘러쌌던 아이들은 순식간에 바닥에 누웠다.

지켜만 보던 다른 남자아이들이 깜짝 놀라서 그제야 몸을 일으키며 목검을 들었다. 당유정은 슥 고개를 돌려서 남자아이들을 보더니 그 안으로 뛰어들었다.

당유정이 너무 빨라서 남자아이들은 당유정을 눈으로 좇지도 못했다. 그동안 배운 검법이고 보법이고, 그냥 마구잡이로 목검을 휘둘러 댔다.

"한 대만 맞아라!"

그러나 그것마저도 전혀 맞지 않았다. 아예 스치는 자체가 불가능했다.

"으아아아!"

쿠당탕!

순식간에 서른 명의 남자아이들이 연무장을 나뒹굴었다. 워낙 실력에 차이가 나서 부러지거나 다친 애들도 하나 없었다. 굴러서 찰과상을 입은 정도가 다였다.

당유정이 손을 거두고 의기양양하게 소년을 쳐다보았다.

"봤지?"

"우와."

소년은 눈을 휘둥그레 뜨고 당유정을 보았다.

당유정은 어깨를 으쓱했다. 엄마 아빠가 하는 칭찬보다 소년의 감탄이 백배는 더 기분 좋았다.

"그러니까 우리 놀러 가자."

그때 뒤에서 처음 시비를 걸었던 덩치 큰 남자아이가 온 힘을 다해 목검을 내려쳤다.

"조그만 게 어디서 까불어!"

당유정은 무의식적으로 팔을 휘둘러 반격했다. 목검은 당유정의 팔에 맞아 부러지고 덩치 큰 남자아이도 함께 휘말려 대전의 지붕까지 날아가 처박혔다.

펑!

기왓장이 박살이 나 우수수 떨어졌다.

당유정이 놀라서 소리쳤다.

"으아앗! 미안해! 일부러 그런 건 아니었어!"

하지만 남자아이는 대답도 못 하고 지붕에 걸린 채로 부러진 팔을 흐느적거리기만 했다.

"괜찮…… 니?"

"으으……. 살려 줘……."

당유정은 울상을 지었다.

"망했어…… 아빠한테 혼나겠다."

당유정이 힐끗 소년을 돌아보았다. 소년은 너무 놀라서 바닥에 엉덩방아를 찧고 있기까지 했다. 당유정을 올려다보는데 눈에 두려움이 가득했다.

당유정이 변명했다.

"무서워하지 마. 이건 실수야. 그러니까……."

하지만 소년은 이미 뒤로 주춤주춤 물러나고 있었다.

"미, 미안해. 잘못했어. 나 같은 게 어찌 친구가……."

"그게 무슨 말이야. 넌 잘못한 거 없어. 그냥 내가 친구가 필요해서 그런 거야."

당유정이 손을 내밀었다. 소년이 질겁했다.

"용서해 주세요!"

"……."

당유정은 가슴이 철렁했다. 순식간에 소년과 당유정의 사이에 벽이 생겼다.

때마침 당가대원에서 함께 왔던 무사들과 가신 가문의 사람들이 폭음 소리에 놀라 달려왔다.

"무슨 일이야!"

당유정은 내밀었던 손을 쓸쓸하게 거두어들였다.

그러곤 소년을 보며 어색하게 웃었다.

"억지로 친구가 되어 달라고 해서 미안해."

당유정은 지붕에 걸려 있는 남자아이에게도 손을 흔들었다.

"너도 미안해—!"

당유정이 뛰어서 자리를 벗어났다.

사람들이 몰려들었으니 당유정의 정체가 발각될 수도 있었다. 소년에게는 마지막까지 자기가 독룡의 딸이라는 걸 알게 하고 싶지 않았다.

당유정은 한참을 배회하다가 당가대원으로 돌아왔다.

그렇게 당유정의 첫 임무는 실패했다.

당유정의 첫사랑도 실패했다.

당유정의 마음에도 상처가 남았다.

다시는 마음에 드는 남자아이 앞에서 함부로 힘을 드러내지 않기로, 다짐했다.

*   *   *

나이가 들면서 당유정의 귀에 가장 많이 들려온 얘기는,

아빠가 전 무림맹주.

아빠가 독룡,

이었다.

그게 얼마나 무서운 얘기였느냐면, 당유정의 신분이 밝

혀진 순간 누구도 예외 없이 거리를 두었던 것이다.

진자강은 권위를 내세우지 않았지만, 세상은 독룡의 권위를 두려워했고.

진자강이 더 이상 살인을 하지 않지만, 독룡의 손에 한 줌 독수로 녹아 버릴까 두려워했다.

수만 명을 독수로 녹여 버린 사건은 모든 이들의 뇌리에 틀어박혀 지워지지 않는 듯 보였다.

"우리 아빠 독룡."

당유정이 내뱉은 말에 책을 읽고 있던 당경이 고개를 돌려 당유정을 보았다.

"갑자기 무슨 말이야. 미쳤어?"

"역시 놀라지 않는 건 너뿐이구나."

당유정이 침상 위를 데굴데굴 굴러다녔다.

"으아아! 답답해! 답답해 죽겠어!"

"내 침상에서 뭐 하는 거야!"

당경이 말리려 했지만 소용없었다. 당유정은 이불을 돌돌 끌어안고 말했다.

"나 이러다가 아무래도 평생 혼인 못 하고 혼자 살 거 같아."

"쯧쯧쯧."

당경이 혀를 찼다.

"우리 집안이 얼마나 손이 귀한데 그런 배부른 소릴 해. 걱정 마. 누나가 가기 싫대도 집안에서 골라 줄 테니까."

"그건 더 싫어!"

당유정이 목침을 던졌다. 당경은 황급히 고개를 옆으로 틀었다.

퍽! 목침이 벽에 그대로 박혔다.

당경의 목에 솜털이 곤두섰다.

눈가에 녹빛이 어리며 독기가 슬슬 새어 나오려 했다.

당유정이 손가락을 좌우로 흔들었다.

"그 정도로 화를 내고 독기 조절을 못 하니까 아직도 밖을 못 나가는 거야."

"내가 화 안 내게 생겼냐!"

당경의 방 벽은 온통 구멍투성이였다. 젓가락이며 벼루, 손바닥, 심지어는 부채가 넓은 면으로 박힌 자국까지도 곳곳에 남아 있었다.

"어허~ 이것이 다 독기를 다스리게끔 도우려는 본녀의 배려이거늘. 넌 이 정도 맞는다고 죽지도 않잖아."

"죽는다고!"

"거짓말하네."

당경이 말을 돌렸다.

"오늘은 임무 없어?"

"땡땡이."

당유정이 웃었다.

"가내 업무 땡땡이치면 나흘 동안 외부 임무로 밖에 나가 있어야 하거든. 히히."

당경이 어이가 없어 당유정을 쳐다보았다.

"자꾸 땡땡이치다 평가 점수 깎이면 아무리 일 잘해도 등급이 떨어져서 나중에 중요한 임무에서 배제되는 거 몰라?"

임무 성과 점수와 태도 평가 점수는 당하란이 가주가 되면서 새로 도입한 방법으로, 신분이나 출신에 구애받지 않고 인재를 고르게 등용한다는 평을 듣고 있었다.

당유정이 신경도 쓰지 않고 말했다.

"등급 좀 낮으면 어때. 내 생각에 가문 내에서는 답이 없어. 밖으로 나가야 해."

"그렇게 나가서 뭐 하게. 대체 왜 그렇게 나가고 싶어 하는 거야?"

"답답하니까. 다들 나를 독룡의 딸이라고 하지 당유정으로서 봐 주지 않아."

"그냥 잘생긴 남자 구경 가고 싶은 건 아니고?"

당유정이 잠깐 생각하다 대답했다.

"그것도 있지."

"포기해. 집에서 골라 주는 혼처로 가면 서로 편하잖아."

"예전부터 가문에서 정략결혼 시키는 것치고 잘된 역사가 없어. 엄마를 봐. 엄마도 아빠를 직접 선택해서 가주까지 되었잖아. 그러니까 나도 엄마처럼 아빠 같은 사람을 만날 거야. 아니, 아빠보다 더 세고……."

당유정이 잠깐 생각하다가 말을 덧붙였다.

"자기 일에 열정이 있는 사람."

"뒤에 붙인 그건 뭐야."

"아빠를 보고 있으면 너무 무기력해서 답답해. 예전에 혼자서 강호를 상대로 싸웠다는 사람이 맞는지조차 모르겠어."

"나는 여유롭게 보이고 좋던데. 강자의 여유, 그런 거 있잖아."

"너는 아빠 일이라면 무조건 아빠 편이라서 그런 거야."

"누나. 정신 차리고 포기해. 일단 아빠보다 세다는 데에서부터 걸려. 그런 사람이 있을 리 없잖아. 무슨 이백 살 먹은 은둔 고수쯤 되면 몰라도."

"야! 아빠도 스무 살에 천하제일 고수가 됐는데 왜 나는 이백 살이야?"

당경이 존경 가득한 눈빛으로 말했다.

"그야 당연히 아빠는 천하제일 독룡이니까. 누가 감히 우리 아빠를 따를 수 있겠어."

"어휴, 이 아빠 추종자. 너 두고 보자. 나중에 매형한테 매일 얻어터질 줄 알아."

"우리 가훈 알지? 염치도 모르고 예의도 모르는 남자는 절대 안 되는 거. 그러니까 그런 사람은 애초에 매형이 될 수 없어."

"염방은 아빠가 지은 거잖아."

"그러니까 가훈이지."

"아빠보다 세면 괜찮을 거야."

"불가능."

"……."

당유정은 침상에 벌러덩 누워 천장을 보았다.

"그래. 아빠처럼 세고 잘생긴 사람은 아마 이 세상에 또 없겠지?"

그런 당유정이 불쌍해 보였는지 당경이 위로하듯 말했다.

"너무 낙담하지마, 누나. 그런 사람이 있어도 어차피 누나를 만나려 하지 않을 테니까."

　　　　　*　　　　　*　　　　　*

　"아, 수고요오!"

　"오늘도 고생하셨어요."

　"내일 봐요."

　당유정은 하루 일과를 마치고 돌아가며 만나는 이들에게
밝게 인사했다.

　함께 일했던 무사들은 물론이고 문지기나 마주치는 시비
들에게도 똑같이 대했다. 당유정이 지나는 곳마다 활기가
넘쳤다. 때문에 당가대원에서는 당유정을 좋아하는 이들이
많았다.

　"어쩜 저렇게 밝으실 수 있지."

　"그러게. 예전의 당가에서는 상상도 못 할 일이야."

　당유정은 당가의 무인들 사이에서 늘 화젯거리였다.

　"그런데 아기씨는 아직 혼인 소식이 없나? 벌써 나이도
열여덟이고. 저 정도의 미모에 성격에…… 여러 군데에서
혼담이 들어올 만도 한데 말일세."

　"눈치도 빠르고 일도 잘하시니까 인기도 좋아. 뭐 가끔
일 안 하고 도망 다니시는 경우도 있지만."

　무인들이 고개를 절레절레 저었다.

　"개인으로 보자면야 아주 흠잡을 데 없는 걸 누가 모르

나. 하지만 혼사라는 게 가문과 가문의 일이니까…….”

“역시 그렇겠지?”

독룡은 전 강호를 상대로 싸움을 벌였다. 그때에 수많은
원한을 만들었다. 원수의 가문과 사돈지간이 되기는 어려
운 일일 터였다.

그렇다고 아주 혼담이 없는 건 아니었으나, 혼담을 논의
해 오는 대부분은 당가의 위세를 보고 오는 쪽이었다. 당가
와 사돈을 맺는 것만으로 당금의 강호에서 엄청난 영향력
을 발휘할 수 있게 되는 것이다.

하여 당가에서도 오는 혼담을 쉬이 받아들일 수 없었다.
충분히 당가에서 감당할 수 있는 가문이거나 문파여야 했다.

때문에 이모저모로 당유정의 혼담은 매끄럽게 진행되고
있지 못하는 중이었다.

그러나 그것은 반대로, 조건이 모두 맞는 혼담이 제의된
다면 거절하기 어렵다는 뜻이기도 했다.

무인들은 진심으로 안타까워했다.

“불쌍도 하시지. 부친 덕에 저리 어려움 없이 맑게 자라
셨는데 지금은 그게 독이 되었으니.”

당유정은 밝게 웃고 다니다가 당가의 고위급 장로들에게
혼나기도 했다.

"장차 당가를 이끌어야 할 입장에서 아랫것들에게 너무 가볍게 보이면 안 되는 법이다. 무릇 남 위에 서야 할 자는 진중할 줄도 알아야 한다."

"가문의 일을 하다 보면 늘 밝은 일만 할 순 없다. 어렵고 힘든 결정을 해야 하는데, 그때에도 웃고 다닐 셈이냐?"

장로들의 잔소리를 들어도 그때뿐이었다.

"네, 잘 알겠습니다. 주의할게요!"

장로들은 고개를 설레설레 저었다.

당유정의 존재가 당가를 더욱 밝게 만드는 건 사실이었지만, 반대로 위엄이 손상된다고 생각하는 이들도 있을 수밖에 없었다.

실은 당유정이라고 해서 늘 밝기만 한 건 아니었다. 그건 남들 앞에서였고 혼자 있을 땐 또 달랐다.

최근 당유정은 밤에 종종 당가대원에서 가장 높은 전각의 지붕에 올라가곤 했다.

그리고 지붕에 앉아 어스름한 달을 보며 생각했다.

"나는 뭘까? 앞으로 뭘 하고 싶은 걸까?"

나이가 거의 차서 혼인도 눈앞에 다가와 있었다. 당경의 말처럼 손이 귀한 당가에서는 혼인과 출산이 굉장히 중요한 문제였다. 당씨 성을 가진 이들에게는 필수적인 의무였다.

이대로 살다가 시키는 대로 혼인을 하고 아이를 낳아 가
문에 얽매인 채 평생을 지내게 될 거라 생각하니, 암담했
다.

그것이 설사 당씨가 된 자들에게 어쩔 수 없는 운명이라 하
더라도 최소한 그냥 한 번쯤은, 자유롭게 살아 보고 싶었다.

가능하면 독룡의 딸이 아닌 당유정으로.

"그게 그렇게 어려운 건가……?"

이미 몇몇 군데에서 자신에 대한 혼담이 넌지시 전해 오
고 있다는 사실에 더욱 마음이 심란했다.

당유정은 밤이 깊도록 달을 바라보다가 삼경(三更)을 알
리는 종이 울려서야 전각을 내려왔다.

*   *   *

"무림맹이요?"

당유정의 귀가 번쩍 뜨였다.

당가에서 몇몇 후기지수를 추려 무림맹에 가게 된다는
얘기를 들었다.

"무림맹!"

열아홉이 되도록 아직까지 사천을 벗어나지 못한 당유정
이었다. 남들은 열여덟부터 강호에서 용봉 소리를 듣고 다

닌다는데 당유정은 독룡의 자식이란 말 외에 아직까지 변변한 별호를 얻을 기회조차 없었다.

하지만 무림맹에 가면 달라질 것이다. 독룡의 자식이란 꼬리표는 떼지 못해도 지금보다 훨씬 더 큰물에서 놀아 볼 수 있는 기회였다. 어쨌든 사천보다야 나을 것 아닌가!

당유정은 한달음에 무림맹으로 간다는 장로를 찾아갔다.

"장로님, 저도 무림맹에 가게 되는 건가요?"

장로가 당유정을 보고 조금 곤란해하다가 답했다.

"너는 안 된다."

"어? 왜요?"

"그동안 임무를 제대로 수행하지 못해 자격에 미달됐다."

"그, 그럴 수가! 하지만 시키는 일은 거의 다 마쳤는걸요."

만일 당경이 이 자리에 있었다면 '자업자득'이라며 빈정대었을 터였다.

"유정아."

장로가 깊게 한숨을 내쉬곤 진지하게 말했다.

"무림맹에 놀러 가는 게 아니란다. 네가 본가에 있을 때처럼 천방지축으로 사고를 치면 너뿐 아니라 우리 가문 전체가 욕보이게 되는 게다. 그런 위험을 감수하면서까지 널 어떻게 데려가겠느냐."

"안 그럴게요!"

"그러게 진작 그러지 그랬느냐."

"히잉, 장로니임."

당유정이 짐짓 눈물까지 지어 보였지만 장로는 곤란해하기만 할 뿐 끝내 허락하지 않았다.

당유정은 당하란에게 달려가 졸랐다.

"엄마! 나도 무림맹에 가고 싶어요!"

당하란은 수많은 죽간들에 둘러싸여 있다가 고개도 들지 않고 딱 잘랐다.

"안 돼."

심지어 이유도 묻지 않았다. 당하란은 이미 당유정이 무림맹에 가지 못하는 이유를 알고 있음이 분명했다.

"엄마!"

"나가. 엄마 바쁘다."

당하란은 한 번 불가 판단을 내리고 나면 말을 되돌리는 일이 거의 없었다. 등급제를 만든 사람이 당하란이므로 애초에 눈감아 달라는 것이 무리한 부탁이었다. 자신의 딸이니 더욱 엄격하게 했으면 했지, 아무렇게나 예외를 적용하는 이가 아니었다.

당유정은 당하란은 포기하고 진자강에게로 달려갔다.

진자강은 혼자서 바둑을 두고 있었는데, 바둑돌을 하나 하나 깎아 가며 놓고 있었다.

"아빠! 저도 무림맹에 가고 싶어요."

진자강이 고개를 들어서 당유정을 보았다. 당유정이 힘껏 소리쳤다.

"무림맹에 가서 큰 활약을 해 가지고 우리 가문의 이름을 구주사해에 완전 떨치고 올게요!"

진자강이 당유정의 말에 고개를 끄덕거렸다.

"좋은 목적이로구나. 응원하마."

"그럼 나 가도 돼요?"

"그건 엄마와 삼 장로님의 권한일 텐데. 그분들이 허락했니?"

"아뇨."

"……."

"……아빠?"

"……."

"아니, 미안한 얼굴 하지 마시구요!"

진자강이 못내 미안한 투로 말했다.

"네 엄마가 점수와 등급제로 당가를 운영할 때, 나도 동의했다."

"알아요. 무림맹을 재건하면서 원리 원칙을 최우선의 수

행 지침으로 삼은 것도."

"그래 그런데 이제 와서 내가 그걸 어길 수는 없지 않겠니."

"하지만 뭔가 방법이 있을 거 아녜요. 내년이면 저도 스물인데 언제까지 이러고 있어야 돼요. 아빠는 내 나이에 강호에서 천하제일 고수가 됐잖아요."

당유정은 진심을 다해 진자강을 설득했다. 지금이 아니면 언제 혼사가 이루어져 가문에 갇히게 될지 모른다는 생각이 당유정을 절박하게 만들었다.

"가서 잘하고 올게요, 아빠. 가문의 명예도 실추시키지 않고 시키는 대로만 하고 올게요."

"……아까 큰 활약을 해서 가문의 이름을 떨치고 온다는 얘기와 시키는 대로 한다는 것의 의미가 배치(背馳)되는 것 같다만."

"설마하니 내가 가문에 잘못될 일을 하겠어요?"

"그건 안단다."

진자강이 당유정을 달랬다.

"하지만 엄마와 아빠는 다른 이들의 모범이 되어야 하기에 더욱 네게 가혹할 수밖에 없구나. 그러니까 그분들이 안 된다고 했으면 안 된다."

쿠웅!

당유정은 심한 충격을 받았다.

"씨이이이."

눈물이 그렁그렁 맺혀서 흘렀다. 진자강이 당황했다.

"유정아?"

"아빠 때문에……."

당유정은 울면서 소리쳤다.

"나는 아빠 때문에 이제껏 힘들게 살아왔는데 왜 난 내 마음대로 한 번도 자유롭게 살 수 없는 거예요!"

내내 불평등하게 살아왔다. 독룡의 딸이고 가주의 딸이기 때문에 오히려 자기 마음대로 살 수 없었다. 남들은 가주가 공정하다고 좋아하는데, 당유정에겐 그 공정이 남들보다 더 엄격하게 적용되어 불공정한 것이었다.

"아빠 미워! 엄마도!"

당유정은 울며 내원을 뛰쳐나갔다.

진자강은 당유정의 뒷모습을 보면서 안타까운 표정으로 이마를 긁었다.

잠시 뒤에 당하란이 집무실에서 나왔다.

"잘했어. 유정이는 좀 엄하게 대해야 돼. 가만 내버려 뒀더니 기고만장해선 아주 제멋대로야."

"서운해하는 것 같습니다. 굉장히 나가고 싶어 했는데."

"서운해도 싸지. 자기가 자초한 일인걸. 매일 농땡이만 피우고."

"그래도 남들이 하는 만큼은 늘 해내고 있습니다. 부족했던 적은 없습니다."

"결과만큼 과정도 중요해. 유정인 성실함을 배울 필요가 있어."

"하지만 이 정도로 유정이가 포기할 것 같으면……."

"알아. 우리 아이가 아니지."

진자강이 하하 웃었다. 진자강은 중년에 들어섰는데도 여전히 매끄럽고 하얀 피부를 가지고 있어서 당하란보다 어려 보였다. 강호의 일에서 손을 떼고 살기도 피울 일이 없어져서 예전보다 한결 너그러운 인상이 되었다.

당하란이 샘난다는 듯 말했다.

"일은 나한테 다 미루고 자기는 완전 편하다, 그치?"

진자강이 움찔했다.

"아닙니다. 마노를 깎아서 바둑돌을 만들고 있던 중이었습니다. 가계에 보탬이 되고 있다고 생각합니다."

진자강이 깎은 바둑돌은 최상의 품질에 상당한 고가품이라 고관대작들 사이에서도 인기가 있었다. 티끌 하나 없이 매끄럽고 균형이 좋으며 손에 착 달라붙어서 바둑판에 놓을 때의 손맛이 일품으로 알려져 있었다. 워낙 희귀품이고 인기라 부르는 게 값이었다. 가계에 보탬이 되고 있긴 했다.

진자강이 과거를 회상하며 말했다.

"내가 바둑을 배울 줄은 전혀 몰랐습니다. 뭐든 배워 두면 쓸모가 있다는 말씀이 거짓이 아니……."

"그래서. 그 애는 아직이야?"

허를 찔린 진자강은 대답도 못 하고 당하란을 보았다. 당하란이 묻는 이가 누구인지 대번에 알았다.

"그렇습니다."

"참 어렵네. 그래도 어쩌겠어. 그게 당신과 나의 업인걸."

십 년이 넘었지만 아직 진자강의 과거는 마무리되지 않았다.

당하란이 말했다.

"이번에도 안 되면 억지로라도 데려와. 요즘 들어 강호에 도는 소문이 심상치 않아."

진자강이 당하란의 얼굴을 보았다. 진지했다. 장난으로 하는 말이 아니었다.

하지만 진자강은 무슨 일이냐고 묻지 않았다. 묻게 되면 알게 되고, 알게 되면 움직이지 않을 수 없는 상황에 몰리게 될지도 모른다.

당하란이 혼잣말처럼 중얼거렸다.

"어느 쪽이든, 후회가 남지 않게."

진자강은 천천히 고개를 끄덕였다.

*　　　*　　　*

당유정은 한참을 펑펑 울었다.

하지만 진자강과 당하란의 예상대로, 포기하지 않았다.

"이대로 물러설 줄 알아?"

며칠 뒤 당유정은 기다리던 이가 본가로 들어왔다는 애기를 들었다.

"이모! 이모!"

당유정이 온 장원을 다 돌아다니며 누군가를 찾아다녔다. 문이란 문은 다 벌컥벌컥 열고 다니며 소리쳤다.

"어디 있어? 이모오!"

그러다가 당유정이 눈을 크게 떴다.

"찾았다!"

조용한 정자에서 면사를 쓴 여인과 당경이 함께 있었다.

"이모! 그렇게 불렀는데 왜 대답을 안 하는 거예요오!"

"아기씨."

당유정이 냉큼 달려와서 면사의 여인을 뒤에서 껴안았다.

"꺄아! 우리 이모 냄새 너무 좋아. 오랜만이에요!"

면사의 여인, 영귀가 웃으면서 당유정을 맞이했다.

"어서 와요."

영귀는 이제 진자강의 수족으로 함께 있지 않았다. 진자강이 은거함으로써 그녀도 할 일을 잃었다. 때문에 영귀는 나살돈의 돈주로서 필요할 때에만 당가를 방문했다.

"둘째 도련님에게 아버님의 옛날 활약을 얘기해 주던 중이었습니다."

"우와. 경이 너는 지겹지도 않니? 맨날 들은 거 또 듣고, 또 듣고."

이제 조금 머리가 큰 당경이 아니, 하면서 대꾸했다.

"전혀 안 지겨운걸. 들을 때마다 새롭고 감동적인걸."

"난 니가 지겨워. 아 참, 이모이모, 나 부탁하고 싶은 게 있어요."

당경이 딱딱한 말투로 당유정을 나무랐다.

"누나는 너무 예의가 없어. 내가 먼저 이모님께 얘기를 듣고 있었으니 당연히 내게 먼저 양해를 구해야지. 어째서 순서를 무시하고 이모님을 독차지하려 하는 거야?"

"넌 좀 빠져."

당유정이 당경을 발로 찼다. 당경이 금나수로 당유정의 발을 잡아채서 당기려 했는데, 당유정의 발을 건드리지도 못했다. 당경은 쭈욱 밀려났다.

"아, 진짜!"

영귀가 당유정을 사뿐히 안아서 뒤로 떼어 놓았다.

"자꾸 동생을 괴롭히니까 마님께 혼나는 거지요. 오늘은 무슨 용건이에요?"

당유정은 영귀를 보며 헤실헤실 웃었다.

"헤헤, 이모. 있잖아요."

당유정이 말을 하려다가 곁눈질을 했다. 당경이 보지 않는 척 고개를 돌리고 귀만 쫑긋 세우고 있었다.

당유정은 기막을 쳤다. 허공에 보이지 않는 휘장이 드리워졌다. 이질적인 느낌이 들며 휘장을 경계로 안과 밖의 풍경이 나뉘었다. 소리까지도 차단되었다. 당경이 밖에서 고래고래 소리쳤지만 들리지 않았다.

영귀가 물었다.

"우리 아기씨가 하려는 부탁이 뭘까요?"

당유정이 진지하게, 자신이 이제껏 생각해 왔던 바를 말했다.

"더 늦기 전에 내가 정말 원하는 삶이 무엇인지 알고 싶어요. 아빠 딸이 아니라 나 당유정으로서요."

영귀는 면사 속에서 그윽한 눈길로 당유정을 바라보았다.

아빠의 무거운 그림자에 눌려 뒤늦게 찾아온 감이 없지

않지만 사춘기에 또래의 아이들이 모두 짊어질 만한 고민을 당유정도 하고 있었던 것이다.

아니, 사실 당유정의 말은 비단 사춘기 청소년들에게만 해당되는 것도 아니었다.

탐욕의 시작이자 마지막이었던 아귀왕의 사후.

거대한 전쟁이 끝난 것처럼 강호 무림은 큰 피해를 입고 만신창이가 되어 있었다.

이에 진자강은 스스로 무림맹주의 자리에 올라 전후의 수습을 맡았다. 진자강은 무림맹을 운영하기에 자신의 학식이 부족하다는 걸 잘 알았다. 하여 무림에 관계되어 있던 군사들과 경험이 오래된 장로들을 불러 모았다. 그리고 학사들을 대거 초빙하여 새로운 무림맹의 기틀을 세웠다.

새로운 무림맹의 규칙은 최대한 공정한 기준으로 만들어졌고, 무림맹의 운영은 철저하게 문서로 남겨졌다.

진자강 이전의 무림맹은 힘을 상징하는 대표적인 조직이었다. 별도의 무력조직을 운영하며, 직접 무력을 행사하기도 하였다. 무림맹은 곧 강호를 다스리는 가장 커다란 권력이었다.

그러나 진자강 이후의 무림맹은 무력을 행사하지 않았다. 기존에 맹주가 사조직처럼 부려 왔던 무력조직은 완전히 없었다.

그리하여 무림맹의 주 업무는 마련된 기준을 통해 분쟁을 중재하고, 수많은 문파의 이권이 관련된 사업에서 부정이 일어나지 않도록 주재하고 감시하는 역할에 치중했다. 잘못을 저지른 문파가 있으면 무림맹에서 직접 규제하는 게 아니라 무림맹에 가입한 문파들이 공동으로 대처하였다.

그 모든 일은 오로지 규칙에 의해서 이루어졌다. 만일 잘못된 규칙이 있으면 무림의 명숙들이 모여 논의하고 개정하였다.

완벽한 제도인지는 알 수 없었다. 진자강이란 거인의 위엄에 눌려 반대하기 어려웠을 수도 있고, 넌 얼마나 잘하나 두고 보자는 마음으로 지켜보는 이들도 있었다. 하지만 대체로 새로운 무림맹을 반겼다. 규칙이 누구에게나 똑같이 적용되면 굳이 억울해하거나 항의할 일도 없었다.

진자강의 노력 덕분으로 강호 무림은 차차 안정을 찾고 점점 예전으로 돌아가는 듯하였다. 진자강이 맹세했던 대로 무림맹주의 자리에서 물러나 자연인으로 돌아왔을 때까지만 해도 별다른 문제는 나타나지 않았다.

그리고 십이 년⋯⋯.

강호는 역대의 그 어떤 때보다 안정되어 있었지만, 모순

적이게도 내부적으로는 터질 듯한 불만이 팽팽해져 있었다.

이전까지는 이익 하나만을 보고 달리면 되었다. 복잡한 고민 없이 더 많은 이익을 얻기 위해 강해지려 하였다. 그게 다였다. 누구나 더 높은 자리에 올라 재력을 움켜쥐고 마음껏 권력을 누리고 싶어 하였다.

그게 모두의 목적이자 목표였다.

그런데…….

시대가 바뀌었다.

이익을 목적으로 아득바득거렸다가는 사람들의 눈총을 받고 욕을 먹는 세상이 되었다. 이익만을 좇다가 강호 무림이 망할 뻔했는데 어찌 같은 전철을 또 밟으랴!

게다가 힘으로 다른 이들을 억누르는 일도 불가능하게 되었다.

예전에는 지역 문파 간에 분쟁이 생기면 일차적으로는 양자 간에 무력으로 승부를 내지만, 이후 뒤처리엔 그 지역의 유력 문파가 개입하여 잘잘못을 따지고 결정했다. 그래서 고수일수록, 세력이 클수록 발언권에 힘이 실리고 영향력을 넓게 발휘할 수 있었다.

하나 이제는 많은 문파들이 무림맹에 중재를 요청하였다. 무림맹에서는 고수든 하수든, 거대 문파든 중소 문파든 요청이 들어오면 오로지 정해진 규칙에 따라서 공정하게 사태를 처리했다. 그러다 보니 특히나 약소 문파일수록 무림맹을 찾는 경향이 더 많았다.

이 같은 일은 상대적 약자를 구제하는 데에는 매우 효율적이고 뛰어난 방식이었지만, 기존의 관습에 익숙해져 있던 기득권에게는 불리한 제도였다.

하여 고수들에게서부터 불만이 나오기 시작했다.

모두가 무림맹의 중재에 기대고 문파 간에 대립이 사라지면, 무로써 해결할 일이 줄어들면 누가 강해지려 하겠는가?

누구나 자신의 의견을 말할 수 있는 사회도 좋고, 공정함도 좋다. 하지만 강해지기 위한 이유마저 사라진다면 대체 강호 무림은 어떤 의미가 있는가?

가장 근원적인 강호의 존재 이유마저도 의심되는 상황이었다.

거대 문파와 고수들을 주축으로 목소리가 나왔다.

기실, 이 같은 일이 예측되지 않은 건 아니었다.

몇몇 선지자가 무림맹의 문제를 예측하고 진자강이 떠나기 전 고언(苦言)했다. 그에 대해 진자강이 말했다.

나는 내가 벌인 일에 대해 책임을 지고 수습했습
니다. 남은 건 당신들의 차례입니다.

이익의 극대화라는 목표가 사라지면서 그 자리에 새로운
목표가 생겨나지 않았다. 누구도 새 기치를 제시하지 않았
다. 진자강도 제도만을 정비하였을 뿐, 그 이상으로 나아가
지는 않았다.

때문에 강호는 목적을 잃고 십 년 이상 표류하고 있는 것
이었다.

마치 지금 영귀에게 자신의 정체성을 상담하는 당유정처럼.

지난 일을 모두 알고 있는 영귀에게 당유정은 마치 지금
의 시대를 대변하는 듯 보였다.

"아기씨."

"네, 이모님."

영귀가 웃으며 속삭였다.

"그런 일이라면 도와 드리지 않을 수가 없네요. 나 역시
아기씨가 어떤 삶을 살아가고 싶은지 알고 싶어요."

그때 기막 밖에서 당경이 소리쳤다.

"도와주지 마세요! 그래 봐야 무림맹에 남자나 만나러
가려고 그러는 거래요!"

"저게?"

당유정이 당경에게 눈을 흘겼다.

"이모님, 쟤 말 믿지 마세요."

"도련님의 말이 사실이 아닌가요?"

"쟤 말이 아주 틀린 건 아니지만 꼭 그래서는 아니거든요?"

"무림맹이라. 청년들에게 무림맹은 낭만적인 대상이긴 하지요."

영귀가 살짝 회상에 잠겼다.

"아가씨에게는 미안하게도 나는 아주 엄혹한 시절의 강호를 살아왔어요. 그래서 강호의 낭만에 대해서는 잘 모릅니다. 하지만 그 시절에도 그렇고 지금도……."

영귀가 면사 속에서 웃었다.

"아버님보다 멋진 남자는 본 적이 없어요."

"치잇. 그런 거 아니에요. 아니라니까요?"

말을 하던 당유정이 문득 이상함을 느끼고 당경을 쳐다보았다.

당경이 멀뚱히 당유정을 보고 있었다.

당유정이 황당해하며 말했다.

"뭐야! 내가 기막을 쳐 놨는데 왜 네가 내 말을 듣고 있는 거야?"

당경이 이제 다 알았다는 투로 씨익 웃었다.

"누나가 이모님에게 부탁해서 무림맹으로 몰래 가려던 계획을 내가 다 알아 버렸으니 어쩌지?"

"도련님."

영귀가 고개를 절레절레 흔들며 당경을 말렸지만 당경은 단호했다.

"이모님, 불쌍하다고 도와주시면 안 돼요. 누나는 집에서도 사고뭉치인데 밖에 나가면 어떤 짓을 저지를지 몰라요. 그러니까……."

당유정이 눈을 째릿하게 뜨고 당경을 노려보았다.

"니가 알아서 어쩔 건데?"

"흥. 엄마한테 이를 거야. 그러는 누나야말로 날 노려봐서 어쩔 건데?"

당유정의 눈에서 녹빛 기류가 흘렀다.

"살인멸구."

"……뭐?"

번쩍!

당유정의 몸이 쏜살같이 튀어 나갔다.

"아기씨! 그만둬요!"

영귀가 손을 뻗었지만 당유정의 몸에 닿지 않았다. 영귀의 눈이 휘둥그레졌다.

엄청나게 빠르다!

당경이 손을 앞에서 교차시키며 호신강기를 일으켰다. 그러곤 앞으로 손을 내밀며 여러 번의 변화를 일으켰다. 용조수가 되었다가 호조수가 되었다가, 손바닥으로 당유정의 움직임을 제한하기도 했다.

당가의 상승 무공인 비림만경(秘林萬景). 장로들 중에서도 익힌 이가 몇 되지 않는 난해한 수법이었다. 그 비림만경을 적어도 팔 성 이상 성취한 수준으로 보였다!

당경이 자신만만하게 소리쳤다.

"내가 무공이 밀려서 그동안 누나에게 졌다고 생각하면 오판이야!"

빠— 악!

당경은 바로 당유정의 주먹에 머리를 맞고 바닥에 자빠졌다.

"……"

당유정이 씩씩거리면서 당경을 내려다보았다.

"아오, 굼벵이도 구르는 재주가 있다더니. 기막 사이로 소리를 듣는 기괴한 수법은 언제 익혔어?"

영귀가 와서 당경의 손목을 잡고 상태를 살폈다.

"기절했군요."

"말이 그렇지. 동생을 어떻게 죽여요. 그랬다간 엄마한테 내가 먼저 죽을걸요. 그보다 이모. 제가 나갈 수 있게 도와주세요."

"정말 괜찮겠어요?"

"이모 이번에도 아빠를 수행하러 오신 거죠?"

진자강은 강호의 일에 개입하지 않는다. 따라서 나살돈의 보고를 받을 일도 없었다.

영귀가 당가대원을 찾아오는 건 오직 외부로 나가는 진자강을 수행할 때뿐이다.

"아기씨, 설마……?"

진자강만 없으면 당가대원을 나갈 수 있다. 그런 자신감으로 말하고 있는 것인가!

당유정이 끄덕였다.

영귀의 입가에 절로 미소가 그려졌다.

"나중에 아버님께 혼날지도 모르지만, 원하는 걸 말해봐요."

당유정이 영귀의 목에 매달렸다.

"와아! 고마워요, 이모! 그럼 나 인피면구 쓰는 법을 알려 주세요."

진자강이 없을 때에 인피면구를 쓰고 당가를 나갈 셈인 것이다.

그때 당경이 일어섰다.

"누나!"

당유정이 당경을 째려보았다.

"뭐야. 벌써 일어났어? 그냥 기절한 척하고 있지 그랬어. 가만 있어. 이번엔 안 아프게 때려서 기절시켜 줄게."

당유정이 팔을 걷으며 주먹을 들고 다가가자 당경이 필사적으로 손을 들어 막으며 외쳤다.

"사람 말 끝까지 들어!"

"듣긴 뭘 들어. 이른다고 협박이나 할 거면서."

"그게 아냐! 그러니까…… 그러니까 나도 데려가 달라고!"

*　　*　　*

당가대원은 정문을 완전 개방하여 하루에도 수백 명의 사람들이 자유롭게 오가고 있었다. 과거에 문을 굳게 걸어 잠그고 복잡한 진으로 길을 구성했던 폐쇄적인 때와는 달랐다.

나이 든 노인과 젊은 소저도 오가는 이들 중 일부였다. 소저는 유독 주변을 두리번거리며 당가대원을 나오고 있었다. 노인이 눈치를 주었지만 소저는 연신 주위를 둘러보기에 바빴다.

들어갈 때 두리번거리는 게 아니라 나올 때 두리번거리는 건 어딘가 이상한 모습이었다.

「야, 그만 좀 두리번거려. 너 때문에 나까지 들키겠어.」

「아, 알았어.」

「그만 두리번거리라니까!」

「미안, 정신이 없어서 그래.」

「휴우, 내가 왜 널 데리고 나온다고 해서.」

노인이 소저를 힐끔거렸다.

「근데 너 여장 되게 잘 어울린다. 역시 영귀 이모도 나랑 보는 눈이 비슷한가 봐. 넌 인피면구를 안 써도 된다고 하셨는데, 진짜네. 와.」

당유정이 엄마를 닮은 것처럼 당경은 진자강을 많이 닮았다. 피부도 하얗고 병약해 보여서 원래도 여자 같은 인상이었는데, 화장까지 하니 완전히 여자가 되었다.

「아, 진짜! 시끄러우니까 전음 그만해. 듣는 사람 있으면 어쩌려고.」

「전음을 듣는 사람이 어딨어.」

전음으로 비웃음을 날리던 당유정이 깜짝 놀라서 물었다.

「뭐야. 너 전음도 들어?」

「어.」

「아이, 소름 돋아. 징그럽게 왜 남의 전음을 엿듣고 그래.」

「누나도 맨날 갇혀 있어 봐. 심심해. 아무튼 누가 들을지도 모르니 말 걸지 마.」

「너 말고 누가 전음을 듣겠냐. 그리고 나도 갇혀 사는 기분 알거든?」

당유정이 말하다 말고 이상한 생각이 들어 물었다.

「그나저나 너 왜 갑자기 나를 따라가겠다고 한 거야? 넌 원래 나가고 싶어 하지도 않았잖아.」

당경의 얼굴에서 장난기가 사라졌다.

「아빠는 우리 나이에 온갖 고초를 다 이겨 내고 천하제일인이 되셨어.」

「근데?」

당경이 진지하게 말했다.

「아빠처럼 되려면 아빠가 겪은 시련을 나도 경험해 봐야 하니까.」

노인으로 변장한 당유정의 얼굴이 일그러져서 주름살이 더욱 팼다.

「이게 미쳤나. 나한테 밖에서까지 네 뒷바라지를 하란 말야?」

「아니.」

당경이 당유정을 보며 자신 있는 표정으로 답했다.

「내가 장담해. 누나도 나한테 감사하게 될걸.」

둘은 투닥거리면서 당가대원의 정문을 벗어났다. 다행히도 툭툭거리는 바람에 당경이 주변을 두리번거리는 경우가 좀 줄어들었다.

"……."

"아기씨와 도련님이 드디어 바깥세상을 보게 되었군요. 제가 괜한 일을 한 건 아니겠지요?"

"그럴 리가 있겠습니까."

당가대원이 내려다보이는 언덕에서 진자강이 노인과 소저가 움직이는 모습을 보고 있었다.

"유정이는 아마 내 허락을 받았다고 생각할 겁니다. 지금 당장은 아니더라도."

"예?"

평범한 중년 미부로 분하고 있던 영귀가 진자강이 한 말의 의미를 깨닫고 아차 싶은 표정을 지었다.

"내가 상공께 숨기거나 거짓말을 할 리 없다는 걸 아기씨가 알고 있군요."

"영리한 아이니까요. 아마 내가 집을 나간 뒤에 얘기할 걸 알았겠지요."

"죄송합니다."

"괜찮습니다. 유정이의 성격상 언제까지 사천에서 있을 거라 생각하진 않았습니다. 경이가 함께 가겠다고 한 것은 의외였습니다만."

그때 뒤에서 핀잔을 주는 목소리가 들려왔다.

"괜찮긴 뭐가 괜찮냐. 하란이는 그렇게 생각하지 않을 걸?"

진자강과 영귀가 뒤를 돌아보았다. 당청이 백발을 휘날리며 혀를 차고 있었다.

영귀가 정중하게 포권했다.

"어르신. 평안하셨습니까."

"인사는 관둬. 하지 말래도 뭐 그리 격식을 차리느냐."

"인사는 드려야지요. 가문의 수호자께."

당청은 결국 당가를 떠나지 못했다. 다른 곳으로 간다고 할 일이 있는 것도 아니고, 떠나기에는 당가에 남은 미련이 너무 컸다.

그래서 당청은 당하란의 허락을 받아 당가의 수호자로서 남았다.

공식적, 비공식적으로 당가대원의 주위를 맴돌 수 있게 된 것이다. 근처에 거주할 수 있는 집도 마련했다.

여전히 그가 직접 행동해야 하는 일은 많지 않았으나 그래도 당청은 기꺼이 수락했다. 당가에 진 빚을 갚음과 동시에 당가를 위해 마지막까지 헌신할 수 있는 기회가 생긴 것이다. 그건 당청이 평생 원하던 일이기도 했다.

당청이 말했다.

"슬슬 강호가 폭발할 지경에 이르렀다. 심지에 불만 붙기를 기다리고 있어. 일단 터지면 그 불길이 들불처럼 강호 무림 전체에 퍼지겠지."

"처도 비슷한 말을 했습니다."

"관심은 없겠지만 그 불씨가 결국 네가 될 테니까. 주의하란 뜻이었을 게다."

영귀가 끼어들었다.

"상공께 위협이 있겠습니까?"

"누가. 어떤 머저리가. 어떤 머리 빈 골통이? 그런 일은 독룡이 늙어 죽을 때까지 일어나지 않아."

"그럼……."

당청이 인파에 섞여 떠나고 있는 당유정과 당경을 내려다보았다.

그의 시선이 의미하는 것은!

"저 아이들을 이대로 보내 주는 게 정말 잘하는 일인지 고려해 봐야 할 게야. 세상에는 제 목숨을 돌보지 않고 역린을 건드리고 싶어서 환장한 놈들이 잔뜩이거든."

당청이 괜한 말을 할 리가 없다. 그가 하는 말의 속뜻도 충분히 알 수 있다.

진자강을 건드리지 못하니 그의 아이들을 건드리려 한다는 게 아닌가!

영귀는 저도 모르게 진자강의 얼굴 표정을 살폈다.

만일 누군가가 독룡의 아이들을 해친다면?

독룡이 참을 수 있을 것인가? 만일 독룡이 봉인을 풀고 나선다면 강호는 독룡의 분노를 받아 낼 수 있을 것인가!

아마도 무림총연맹에서 수만 명이 녹아내렸던 지옥같은 일이 또다시 재현될 것이다…….

영귀가 긴장한 표정으로 당청에게 물었다.

"도대체 누가 그런 일을 벌이려 한단 말입니까!"

당청이 잠깐 말을 멈추었다가 입을 일그러뜨리며 대답했다.

"아귀왕의 후계자라는 놈이 나타났다."

영귀의 눈이 크게 떠졌다.

당청이 진자강을 보고 말했다.

"마지막 아이를 데리러 가는 길이겠지? 휘말리고 싶지 않으면 반드시 데려와라. 그리고 유정이와 경이는…….”

진자강은 고민하지 않고 답하였다.

"유정이와 경이는, 걱정하지 않습니다.”

"어허, 우리 사위가 다 늙은 노인네를 부려먹으려는 겐가."

당청은 자신에게 당유정과 당경의 뒤를 보아 달라 부탁한다는 말을 돌려 한 것으로 이해했다.

그러나 진자강은 고개를 저었다.

"지금, 유정이가 어디 있는지 아시겠습니까?"

"그야 바로 저 아래에……."

당청이 다시 아래를 보았다가 당황하며 눈을 몇 번이나 감았다 떴다.

"어디 갔어?"

당청은 당유정의 기운을 파악하려 기감을 펼쳤다. 당유정을 찾다가 안 되자 당경을 찾아보았다. 그러나 이제는 당경의 기도 찾기가 어려웠다. 사람이 너무 많아서가 아니었다. 당유정의 기는 아예 느껴지지 않았고 당경의 기는 굉장히 불규칙하게 감지되었다.

"허허허. 이 맹랑한 놈들 봐라. 경이도 맹한 줄 알았더니 제법이구나."

진자강이 끄덕였다.

"그러니 할아버님이 여길 떠나실 필요는 없을 것 같습니다. 누군가 저 아이들을 건드리려 한다면, 특히나 유정이를 건드리는 건 큰 실수라는 걸 금세 알게 될 겁니다."

껄껄껄!

당청은 오랜만에 피가 끓는 것처럼 크게 웃었다.

"아아, 유쾌하구나. 독룡의 아이들이 괜히 독룡의 아이들이겠냐마는."

당청이 웃으면서 진자강에게 손을 내밀었다.

"다행이구나. 내일 약속이 있었거든. 부탁한 걸 써먹을 수 있겠어."

진자강이 품에서 주머니를 꺼내 당청에게 주었다.

찰랑. 여러 개의 보석이 부딪치는 맑은 소리가 났다. 주머니에는 마노로 깎은 바둑돌이 들어 있었다. 당청의 입가에 미소가 번졌다.

"이게 그 유명한 독룡의 알이란 말이지. 손주사위야, 이런 건 진작 내게 먼저 줬어야지. 동네 노인들 중에 한 친구가 가짜를 들고 와선 자꾸 진짜라고 우겨대는데 어찌나 빈정이 상하던지. 독룡이 내 사위라고 말할 수도 없고. 껄껄껄."

당청의 유일한 취미는 아주 가끔 동네로 내려가 평범한 노인들과 바둑을 두는 것이었다.

하지만 돌아오는 도중에 반드시 사찰에 들러 백 배의 절을 올리며 자신의 과오를 참회한다는 걸, 진자강은 오래전부터 알고 있었다.

       *   *   *

당유정이 설명했다.

"이건 돼지의 뇌와 채소를 볶은 거고, 이건 돼지 발을 오랫동안 끓인 맑은 탕이고……."

당경은 집 밖에서 처음으로 먹는 음식들을 보고 눈이 크게 떠졌다. 젓가락을 들자마자 신이 나서 음식을 먹었다.

우물우물.

억지로 꿀꺽 삼켰다.

"우와, 맛없어."

당경이 여자 목소리를 흉내 내며 당유정에게 말했다.

"노사. 밖에선 다들 이렇게 맛이 없는 걸 먹고 살아?"

아직 노인의 분장인 당유정이 그만 좀 하라며 눈을 부라렸다. 당유정도 영귀에게 배운 대로 노인 목소리를 흉내 내어 말했다.

"여기가 집인 줄 알아? 입 다물고 먹어."

당가는 염왕 때부터도 그다지 허례허식을 하지 않는 편이었는데 당하란의 대에서부터는 더욱 검소해졌다. 하나 아무리 검소하더라도 당가는 당가다. 당금의 천하제일가다. 찬의 가짓수는 적지만 사천에서 손꼽는 실력의 숙수가 요리하여 맛이 뛰어났다. 시전의 반점과 비할 바가 아니었다.

당경은 먹기 싫은 표정으로 돌멩이 씹듯 우걱우걱 음식을 씹었다.

당유정이 약간 뽐내는 듯한 말투로 말했다.

"여기는 사람이 많이 지나다니는 길이라 그렇고, 다니다 보면 구석구석에 진짜 맛있는 가게들도 있어. 그런 데를 찾아다니는 게 또 재미야."

"어쩐지 맨날 밖으로 돌더라니……. 그런 델 알면 거기부터 데려가 주지. 왜……."

"아빠처럼 시련을 겪어야 한다며. 우리 나이에 아빠가 맛있는 집 찾아다니셨겠어?"

아빠 얘기가 나오자 당경의 표정이 묘해졌다.

수상한 느낌을 알아챈 당유정이 당경의 턱을 잡아 고개를 들게 했다.

"말해 봐. 너 갑자기 나 따라 나온 것도 이상하고, 아빠 얘기가 나올 때마다 표정도 이상해. 대체 무슨 일이야?"

노인이 젊은 소저의 턱을 잡고 들고 있으니 반점의 사람들이 불편한 눈으로 힐끔거렸다.

"나가자. 나가서 얘기해 줄게."

"기막을 칠까?"

기막을 쳐도 일반 사람은 듣지 못할 것이다. 하지만 당유정은 못내 찜찜했다.

"아니다, 세상에 너 같은 이상한 작자가 또 없으리란 법이 없으니…… 그건 관두는 게 낫겠네."

"당연하지. 그럼 일어날까."

당경이 막 일어서려는데 당유정이 시선으로 남은 음식을 가리켰다.

"어딜 가. 다 먹고 가야지. 네가 시킨 거잖아."

당경이 입을 꽉 다물고 버렸다.

"안, 먹어. 안, 먹을 거야."

당유정이 낮고 굵은 목소리로 멀리 있는 점소이를 불렀다.

"여기 남은 것 싸 주시오."

당경이 낮은 목소리로 말했다.

"이 맛없는 걸 왜 싸가?"

"나중에 노숙할 때 싸 온 음식이 있으면 얼마나 든든한데. 난 임무 나가서 며칠 굶은 적도 있어."

"걱정 마. 난 아빠처럼 뭐든지 다 먹을 수 있어. 지금 이 맛없는 것도……."

"너무 목소리가 크……."

"……."

당유정이 고개를 들었다.

숙수가 내려다보고 있었다. 당유정이 어색하게 웃었다.

숙수가 웃으며 물었다.

"혹시 당가대원과 관련되신 분들입니까?"

당경이 이상한 말을 하기 전에 당유정이 미리 선수 쳤다.

"아니오. 우린 당문과는 아무 관계가 없소."

숙수가 바로 안면을 싹 바꿨다. 험상궂은 표정이 되었다.

"나가."

※　　　※　　　※

"너 일부러 그랬지! 너어!"

음식을 싸 오지 못하고 쫓겨난 당유정은 당경을 구박했다. 당경이 혼나면서 킥킥거렸다.

"너 앞으로 가게에서 뭐 먹을 생각 마. 어디 쫄쫄 굶고 정신 차려 봐."

"싫은데? 굶기면 말 안 해 줄 건데?"

당유정이 돈주머니를 들었다.

"웃기네. 니가 어디 먹을 수 있나 보자. 돈은 다 나한테 있거든?"

당경은 고개를 끄덕이며 당유정의 말투를 흉내 냈다.

"내 말을 듣고도 밥을 사 주지 않을 수 있나 보자."

"아오, 진짜 듣고 나서 별거 아니면 넌 아주 죽을 줄 알아."

투닥거리는 사이에 둘은 이미 산중까지 들어와 있었다.

그래도 혹시 몰라 당유정이 기막을 쳤다.

당경이 말했다.

"누나, 지금부터 내가 하는 말은 무조건 비밀이야. 내가 전음을 엿들을 수 있다는 것도."

"응. 알았어."

당경이 말했다.

"아빠한테 우리 말고 자식이 있대. 그것도 아들."

"……엄마 아들?"

"아니, 다른 사람. 그러니까 배다른 아들."

당유정이 당경을 바라보는데, 마치 그게 갑자기 무슨 개소리니? 하는 눈빛이었다.

"아이 씨, 진짜라고. 엄마 방에서 나오는 말을 들은 거야."

당하란이 비밀리에 전음으로 보고받고 지령을 내린 걸 당경이 엿들은 것이다.

"그냥 얘기만 한 거야. 아니면 그게…… 사실이라고 인정한 거야?"

"엄마가 인정했으니까 사실이겠지."

"하…… 진짜였구나. 그 소문이."

"뭐야. 누나도 알고 있었어?"

"그런 소문이 있었어. 아빠가 매년 밖으로 나가시는 것도 숨겨 놓은 부인을 보기 위해서라고……."

"아아, 밖에선 사람들이 그렇게 얘기하는구나. 분명히 진짜야. 나도 처음엔 그게 내 얘긴 줄 알았다니까."

당유정은 멍한 표정으로 하늘을 보았다가 길게 한숨을 내쉬었다.

"뭐지. 기분 되게 이상하다. 우리 말고 아빠 자식이 또 있다고 생각하니."

어딘가 모르게 복잡한 심정이 들었다. 아빠에게 배신당한 기분도 들고…….

그런데 당경은 별로 아무렇지 않은 듯했다.

당유정이 의아해하며 당경에게 물었다.

"넌 괜찮아? 그 말 들었을 때 충격 안 받았어?"

"원래 영웅은 삼처사첩이잖아. 누나가 잘 모르는 모양인데 우리 아빠 천하제일고수야. 여자들이 안 따랐겠어? 난 오히려 형제나 누이들이 좀 더 있었으면 좋겠어. 그게 가문을 위한 길이기도 하니까."

원래 한 가문의 유력자는 자손을 최대한 많이 늘린다. 언제 어떤 일이 닥칠지 모르는 강호에서 능력 있는 우수한 혈통이 끊기지 않게 하기 위함이었다. 그것이 곧 가문의 힘이고 발전을 위한 일이다. 당가도 일부일처를 지양하여 수많은 직계와 방계의 핏줄이 복잡한 관계로 얽혀 있었다.

당경이 순수하게 웃는 모습을 보면서 당유정은 쓰게 입맛을 다셨다.

"내가 네 말에 위안을 받기는 이번이 처음이다. 너처럼 생각하니까 좀 마음이 진정되는 것도 같네."

"당연하지. 나중에 나도 아빠처럼 천하제일 고수가 될 건데 여자 문제 따위로 누나에게 간섭받고 싶지 않……."

당유정이 당경의 엉덩이를 걷어찼다.

"내 위안 돌려내."

당경이 피하면서 말했다.

"그만 때려. 지금 난 누나 동생이 아니고 어린 여자라니까?"

"야, 헛소리하지 말고, 그 아빠 아들에 대해서나 얘기 좀 더 해 봐. 나이는? 사는 데는?"

"신상에 대해서는 그게 다야."

당유정이 후, 하고 또 한숨을 내쉬며 잠깐 생각하곤 물었다.

"너 그거 여태까지 다 듣고 있었던 거야? 엄마 일하는 것도?"

"응."

"내가 가끔 혼자서 중얼거린 것도?"

"응."

"내 잠꼬대도?"

"응."

당유정은 당경을 빤히 보았다.

그러더니 길가에 있던 사람 머리통만 한 돌을 들었다.

"좀 죽읍시다."

당경이 손을 들며 반항했다.

"왜!"

"살인멸구."

"누나 잠꼬대는 전음이랑 상관없잖아!"

"그러니까 죽어야지. 전음도 아닌데 몰래 엿듣고 있던
거니까."

"아니거든? 그냥 들린 거라고! 막 자다가 울면서 나가고
싶다고 난린데 그걸 못 들었으면 더 이상하지. 내가 전음을
듣는 거지 청력이 좋은 건 아냐! 누나 잠꼬대는 아마 내원
에 있는 사람들은 다 들었을걸?"

"으음, 그런가."

당유정이 돌을 내렸다.

"이 씨, 무서우니까 장난으로라도 하지 마. 어차피 누나는 별말 안 했어."

"아무튼. 그게 다야? 신상 말고 다른 얘기는?"

"그 애가 위험하대."

"뭐? 그건 무슨 소리야?"

"아귀왕의 후계자가 나타났대. 후계자가 그 애를 죽여서 아빠를 다시 강호에 불러내려 한다고 했어."

아귀왕의 후계라면 진자강한테 원한을 가질 만하다.

"강호에 피바람을 몰고 올 생각이라니……."

당유정은 당가의 임무를 오랫동안 해 온 탓에 사태가 심각하다는 걸 알 수 있었다.

"아빠가 이번에 외출한 것도 설마 그것 때문에?"

당경이 한 건 건졌다는 투로 말했다.

"아빠는 모르는 일이야. 엄마가 전음으로 지령을 내리면서 아빠에겐 말하지 말라고 했어. 그러니까 우리가 해야 돼."

"뭘?"

"그 애를 지키는 거."

당경이 눈을 빛냈다.

"할 수 있어. 우리가 아빠를 대신해서 활약을 하는 거야. 아빠가 했던 것처럼. 이번에는 아빠가 아니라 우리가 아귀

독룡의 아이들 285

왕의 후계자를 쫓아내는 거지!"

진자강처럼 되고 싶어 하는 당경에게 이번 일은 굉장히 중요한 기회로 보였던 것이다. 그래서 당유정을 따라 집 밖으로 나왔고.

당유정이 세 번째로 긴 한숨을 내쉬었다.

"후……."

"뭐야. 겁먹었어?"

"이 멍청아! 겁먹긴 누가. 근데 아귀왕의 후계자가 아빠의 자식을 노린다는 건, 우리도 정체가 발각되면 위험하다는 뜻이잖아!"

"그런 듯?"

"안 되겠어. 넌 돌아가."

하지만 위험하다고 한 말이 당경의 모험심에 더욱 불을 붙였다.

"아빠가 경험한 일에 비하면 이 정도는 조족지혈이지. 난 하나도 안 무서워. 아빠처럼 이겨 낼 수 있어."

당유정이 돌을 더 높이 치켜들었다.

"아, 그러세요? 하지만 그러려면 일단 나를 먼저 이겨 내야 할 거야. 난 널 이걸로 때려서 기절시켜 가지고 관에 넣어 돌려보낼 생각이거든."

"그런 거 맞으면 죽는다고!"

"응, 괜찮아. 넌 안 죽는 거 알아."

"근데 왜 관에 넣……."

그때 당유정의 눈이 먼저 돌아가고 이어 당경도 고개를 돌렸다.

약초꾼이 산에서 내려오다가 둘을 발견하고 깜짝 놀라고 있었다.

"아니, 거기 무, 무슨 짓을……!"

남들이 보면 둘의 모습은 노인이 돌을 들고 젊은 여자를 때려 죽이려 하는 듯 보이는 것이다!

당유정이 냅다 당경의 머리를 돌로 후려쳤다. 당경이 떨어지는 돌을 머리로 받았다.

"이욥!"

빠악!

돌이 반으로 쪼개져 부서졌다.

당유정은 약초꾼에게 어깨를 으쓱해 보였고, 당경은 별것 아니라는 듯 머리를 툭툭 털어 보였다. 마치 평소에도 그러고 노는 것인 양 자연스럽게 행동했다.

하지만 약초꾼은 더 당황해서 땀까지 뻘뻘 흘렸다.

당유정과 당경은 자연스럽게 보이려는 의도가 실패했음을 깨닫곤, 약초꾼에게 씩 웃어 보이며 뛰어서 달아났다.

* * *

　실행에는 계획이 필요했다.

　"우선 아빠의 다른 아들이 누군지부터 알아내야지. 사는 곳, 나이, 이름, 그리고 외모."

　당유정의 조건에 당경이 의아해했다.

　"외모는 뭐야. 어차피 아빠 닮았겠지."

　"잘생겼을까 해서. 잘생긴 오빠면 좋겠다."

　"자꾸 임무에 개인적인 감정 개입시키지 마."

　"알았어. 누가 그에 대해서 알지 그것부터 생각해 봐. 아빠의 다른 아들을 알 만큼 아빠와 가까운 사람."

　"엄마."

　"죽자. 그냥. 깔끔하게. 이 세상 더 살아서 무엇 하냐."

　당유정이 돌을 들었다.

　"엄마 말고 아빠와 가까운 사람! 우리가 나온 걸 들키지 않으면서, 정보는 캐낼 수 있는 사람을 말하라고!"

　"그런 사람 없어."

　"청성파는 어때?"

　"복천 장문? 턱도 없어. 들어가자마자 변장을 들킬걸. 꼬장꼬장하고 거짓말을 하기 싫어하셔서 물어보면 대답을 안 해 주시진 않을 거야. 하지만 마찬가지로 아빠가 물어볼

때에도 우리가 물어보러 왔다는 걸 속이지 않으실걸."

"으음. 그럼 아미파. 인은 사태께선 건문 사 년에 벌어진 모든 일을 알고 계시다고 들었어."

이번엔 당유정이 말해 놓고 본인이 설레설레 고개를 저었다.

"하지만 인은 사태께선…… 내가 임무 나가서 들었는데. 이런 말 너무 불경스럽지만, 주변에서 다들 사태를 요물이라고 부르더라고. 우리 같은 강호 초출들은 단물 쪽쪽 빨아먹히고 이용당할 수도 있어."

당경이 한참을 생각하다가 말했다.

"아! 한 명 있다!"

"누구 누구?"

"아빠에 대해 잘 아시면서도 우리에 대해 함구해 줄 수 있는 분!"

"그런 사람이 있으면 진작 얘길 하지!"

"근데 한 가지 문제가 있어."

당경이 머쓱하게 웃었다.

"그분도 지금 이름이 뭔지, 어디 사는지를 몰라. 한때 도명이 운정이셨는데 나중에 청성파를 나와서 그 근처에서 사신다고……."

　　　　　＊　　　　＊　　　　＊

　당유정과 당경은 청성산으로 가서 근처의 다관과 객잔을 돌아다니며 운정을 수소문했다.

　"예전에 운정이란 도명을 쓰던 복천 장문의 제자분이 이 근처에 사신다면서요? 어디 계신지 알 수 있겠습니까?"

　"아직도 이 근처에 계십니까?"

　"초면에 죄송합니다. 말씀 좀 여쭙겠습니다."

　당유정이 벌집 쑤시듯 탐문하며 돌아다니고 당경은 집중해서 귀를 기울였다.

　「저기 저 두 사람이 운정 사형을 찾고 있어. 아는 얼굴이야?」

　「못 보던 얼굴인데…….」

　당경이 귀를 쫑긋했다. 마침내 며칠을 기다리던 전음 소리가 들려왔다.

　청성파의 감시망에 잡힌 것이다.

　'좋았어!'

　당경이 더욱 전음에 집중했다.

　「무공은 익힌 듯하나 어느 정도인지는 알 수 없으니, 흠. 자네는 본산에 보고하게. 나는 운정 사형께도 알려 드려야겠네.」

청성파 도사들이 전음으로 나누는 얘기를 엿들은 당경이었다. 당경은 쾌재를 불렀다.

나름 머리를 굴린 보람이 있었다.

당유정과 당경이 눈짓을 주고받았다.

'따라가자!'

*   *   *

삼십 대 정도로 보이는 청성파의 도사는 빠른 걸음으로 산을 올랐다. 사람이 간혹 오가는 듯 작은 오솔길이 이어지고 있었다.

당유정은 외부 임무를 나가서 그래도 추적의 경험이 있었다. 때문에 당경에게 너무 빨리 가지 말라고 주의를 주었지만, 당경은 놓칠까 봐 그런지 청성파 도사가 눈에 보이지 않으면 조급하게 달려가곤 하였다.

둘은 겨우겨우 들키지 않는 정도의 적당한 거리를 유지하며 계속해서 뒤를 따랐다.

그러나 산을 네 번째 넘어가면서 당유정은 이상하다는 생각이 들었다.

'야, 잠깐 멈춰 봐.'

당경을 붙들었다. 당경이 청성파 도사에게서 눈을 떼지

않고 입 모양으로 대꾸했다.

'아, 왜! 놓친단 말야!'

'우리 아무래도 같은 데를 계속 도는 거 같아.'

'뭐?'

둘이 걸음을 멈출 때, 갑자기 앞쪽에 있던 청성파의 도사가 뒤로 돌아섰다. 둘과 눈이 똑바로 마주쳤다.

"앗!"

청성파의 도사가 눈을 찡그렸다.

"당신들, 다관에서부터 나를 따라왔지. 어떻게 알고 나를 따라온 것이냐?"

청성파의 도사는 자신이 동료와 나눈 전음을 당경이 엿듣고 따라왔으리라는 건 생각도 못 했다.

반면에 당유정과 당경도 안일하게 생각한 경향이 있었다. 깐깐하기로 유명한 청성파 도사들이 허술한 초짜들의 추적을 눈치채지 못할 리가 없었다.

"허허, 그러니까 그것이⋯⋯."

청성파의 도사가 사납게 눈을 치켜떴다.

"왜 운정 사형을 찾고 있는 것이지?"

당유정이 어떻게든 대답하여 위기를 모면하려 하여 보는데, 당경이 당유정을 말렸다. 그러더니 마치 아빠 진자강이라면 이렇게 했을 거라는 것처럼 말했다.

"도사와는 관계없는 일입니다. 신경 쓰지 말고 갈 길 가십시오."

청성파 도사가 미간을 찌푸렸다.

"여장 남자?"

"……아차."

당유정이 뜨악하여 한심하게 당경을 내려다보았다. 진자강을 흉내 낸다고 남자 목소리를 낸 당경이다.

청성파 도사가 못 볼 걸 본 것 같은 표정을 지었다.

"너희들 아무래도 수상한 놈들이로구나!"

당신들에서 너희들로, 그리고 말미에는 놈들로 격하되었다.

스르렁. 청성파 도사가 검을 뽑았다.

당유정과 당경의 입장에서는 정체를 들키고 싶지 않은 것이지 사람을 죽이고 그럴 생각은 전혀 없었다.

"허허허, 그러지 마십시다."

당유정이 필사적으로, 당혹함을 감추며 말했다. 하지만 청성파 도사는 당연히 당유정의 말을 무시하고 달려들었다. 당유정이 당경의 귀를 붙들고 급하게 말했다.

"본가의 무공은 쓰지 말고 제압해."

"아빠처럼?"

최소의 거리에서 지독하게 들러붙는 진자강의 생사투(生

死鬪)는 전설이었다. 따로 수라절식(修羅絶式)이라고 해서 연구되기도 하였다.

"더 안 되지!"

"응? 그럼 어쩌라고!"

청성파 도사가 순식간에 거리를 좁혀 와 당경부터 공격했다.

핏, 검기가 살짝 솟아 나오며 당경의 견정혈을 노렸다. 당경은 무의식적으로 당가의 금나수로 청성파 도사의 검을 쳐 내려다가 당유정의 말을 떠올리고 멈췄다. 무공은 높아도 실전이 처음이라 당황스러워 손발이 어지러워졌다.

청성파 도사의 검이 당경의 견정혈을 찍었다. 그러나 관통하지 못하고 걸렸다. 옷은 꿰뚫었는데 내공을 뚫지 못하였다. 당경은 어깨를 밀려서 휘청거렸다.

"어어어?"

청성파 도사의 눈이 휘둥그레졌다. 딱히 특별한 호신강기 수법을 쓴 것도 아닌데 내공만으로 검기를 막아 내다니!

청성파 도사가 빠르게 쾌검으로 당경의 전신 요혈을 노렸다. 검광이 정신없이 빛났다. 당경이 다급해져서 주먹을 내질렀다. 부우우우! 힘 조절을 하지 못해 주먹에 내공이 심하게 실렸다. 주먹이 뿌옇게 보일 정도였다. 청성파 도사의 검기가 영향을 받아 일그러졌다.

청성파 도사는 화급하게 보법을 밟아 물러났다. 당경이 헛손질을 했다. 마지막까지 때려야 하나 말아야 하나 고민한 것이 손을 늦게 만들었다.

청성파 도사는 자신이 상대하기 버겁다는 걸 깨닫고 더 싸우기를 포기했다. 바로 물러서며 길게 휘파람을 불었다.

삐이이이익!

그러곤 몸을 돌려 달아났다. 청성파의 본산 방향이었다.

"놓치면 안 돼!"

당경이 당황해서 땅을 박찼다. 쾅! 흙더미가 비산하며 땅이 푹 팼다. 당경은 섬전처럼 날아갔다. 청성파 도사가 달아나는 속도보다 빠르게 앞으로 날아가 그 앞의 나무를 들이받았다. 원래는 나무에 사뿐히 내려앉을 생각이었는데 힘 조절이 되지 않았다.

콰직! 아름드리나무가 완전히 박살 나서 산산조각 났다. 청성파 도사가 놀라서 몸을 틀고 뛰어올랐다.

당유정이 청성파 도사의 머리 위에서 나타나 주먹을 맞잡고 내리쳤다.

쾅! 청성파 도사는 급격히 추락하여 바닥에 처박혔다. 꿈틀거리긴 했지만 죽진 않았다.

"휴."

당유정과 당경 모두 한숨을 돌렸다.

당유정은 이상한 느낌이 들어 고개를 돌렸다. 당경이 너무 흥분한 탓에 눈가에 녹빛이 어리고 있었다.

"실전에서는 침착함이 더 중요해. 알았어?"

"으, 으응."

이번만큼은 당경이 고분고분하게 당유정의 말을 들었다.

당유정이 기절한 청성파 도사를 내려다보며 머리를 긁적였다.

"그나저나 다 틀렸네. 이제 어떻게 하지?"

그때 휘파람 소리가 들려왔다.

삐이이이!

먼 거리에서 휘파람을 분 듯, 메아리가 울렸다.

"응?"

당유정과 당경은 동시에 눈을 뜨고 고개를 들었다. 귀가 쫑긋 섰다.

삐이이이!

잠시 후에 다시 한번 휘파람 소리가 들려왔다.

그 신호가 의미하는 것은…….

　　　　　*　　　　*　　　　*

　쩍! 쩍! 쩍!

　장작을 패는 소리가 연신 들려왔다.

　서른 중반쯤 되어 보이는 선한 인상의 남자가 장작을 만들고 있었다. 그러나 도끼는 보이지 않는다. 두꺼운 나무의 끝을 손으로 움켜쥐듯 잡고 찢어서 장작을 만들고 있는 것이다.

　삐이이이익—!

　어디선가 산새가 길게 우는 듯한 소리가 들려왔다. 남자가 장작을 찢다 말고 고개를 들었다.

　남자도 휘파람을 불었다.

　삐이이이!

　그리고 기다렸다.

　"……."

　다시 한번 휘파람을 불었다. 그리고 기다렸으나 답이 오지 않았다.

　"흠."

　남자는 자신이 만든 장작들을 힐끗 확인했다. 벌써 양이 제법 모였다. 남자는 지게에 산더미처럼 장작을 올려서 묶고는 집 안을 향해 소리쳤다.

"여보. 나 마을에 장작 팔러 다녀올게요!"

집 안에서 문을 열고 부인이 고개를 쏙 내밀었다. 수수하지만 똑 부러져 보이는 인상이었다. 부인이 잠깐만 기다리라는 손짓을 하고 밖으로 나와 닭장으로 갔다.

꼬꼬꼬!

수십 마리의 닭이 모이를 주는 줄 알고 부인에게 몰려들어 푸덕거렸다. 부인이 산란터에서 달걀들을 바구니에 담아 나왔다. 그러곤 지푸라기로 달걀들을 엮어서 남자에게 건네주었다.

"이것도 같이 팔고 오라고요? 생각보다 빨리 끝났네요. 알았어요. 올 때 뭐 사 가지고 올까요. 우리 여보가 좋아하는 당과 사 올까요?"

부인이 고개를 저었지만 남자는 다 안다는 듯 너털웃음을 지었다.

"에이, 먹고 싶은 거 알아요. 고기랑 해서 필요한 것 좀 사 올게요."

부인이 손가락으로 자신을 가리키고 남자를 가리켰다.

"아뇨아뇨. 오늘은 혼자 다녀올게요. 어디 들를 데도 있고요. 그리고 우리 아이에게 너무 먼 길이잖아요."

남자의 말에 부인이 살짝 부풀어 오른 배를 만지며 얼굴을 붉혔다.

끄덕끄덕.

"그럼…… 다녀……."

하지만 남자는 인사말을 다 끝내지 못했다. 짊어졌던 지게를 내려놓고 부인에게 손짓했다.

"여보, 뒤로 가 있어요. 손님이 온 것 같아요."

부인이 걱정스러워서 남자의 손을 잡았다.

남자가 괜찮다고 웃어 보이며 들어가라 재촉했다.

그러다가 고개를 돌리고 돌아서는데, 더 이상 선량한 표정이 아니었다. 남자의 눈이 진지해졌다.

진자강이 무림맹주에서 내려온 지 십이 년이 지났다. 자잘한 일들은 있었어도 청성파에까지 영향이 있을 만한 큰 사건은 없었다.

그런데 그 평온을 깨고 누군가 청성파의 제자를 건드린 것이다. 그것도 청성산에서!

남자는 목을 좌우로 꺾고 손가락 관절을 풀었다.

남자의 집으로 올라오는 오솔길로 노인과 소저가 기웃기웃하는 이상한 몸짓으로 걸어오는 것이 보였다.

노인이 갑자기 이상한 말을 했다.

"허허, 차가운 바람은 홀로 이는데 나그네의 마음은 쓸쓸하기만 하구나. 귀밑머리는 하얗게 세어 가는데, 내일이면 또 한 살을 더해 가고 고향은 점점 더 멀어지누나."

열여덟 정도 되어 보이는 소저가 장단을 맞추었다.

"한잔 술에 시름을 잊고, 한 구절의 시에 세월을 잊나
니."

"허허허."

"호호호."

마치 느긋하게 산행을 즐기는 듯한 모습이었다. 하나 살
의는 전혀 없는데 어딘가 행동이 부자연스러웠다. 억지
로 태연하려는 듯한 태도 같았다. 아까부터 이상하게 남자
와 눈도 마주치지 않고 있었다.

"……."

그러다가 결국은 눈이 마주쳤다. 길이 하나밖에 없는데
눈이 마주치지 않을 수가 없었다.

노인이 갑자기 반색하며 포권으로 인사했다.

"허허허, 이런 산중에 집이 있었네? 길을 잃고 가던 중
에 이런 깊은 산중에서 사람을 만나게 되다니. 이거 반갑소
이다."

소저도 인사했다.

"안녕하시어요. 처음 뵙겠사옵니다."

노인이 소저를 거북한 눈빛으로 힐끔 쳐다보는 것이 보
였다.

"……."

노인과 소저가 남자의 검게 그을린 탄탄한 팔을 보았다.

남자의 팔에 주루룩 소름이 돋아 있었다.

"……."

얼마나 어색했으면 긴장했던 남자조차 소름이 돋아서 몸을 부르르 떨고 있는 것이었다!

서로가 머쓱해졌다.

남자가 얼굴을 잔뜩 찡그리고 소름이 돋은 팔을 긁으며 물었다.

"어우……, 거 뉘시요?"

노인과 소저가 각자에게 인상을 쓰며 흘겨보았다. 왜 굳이 이런 짓을 하자 했냐고 표정으로 서로를 탓하는 듯했다.

노인이 대답했다.

"그저 길을 잃고 지나가던 과객일 뿐입니다."

"이상한데……."

"허허허, 이상하지 않소이다. 발길 닿는 대로 거닐다 보니 이렇게 길을 잃을 때가 많답니다."

"아아, 그러시군요."

하지만 믿는 표정은 아니었다.

"그런데 여기는 왜 오다가 길을 잃으셨습니까?"

남자의 눈에 의심이 가득해지자 노인이 재빨리 본론으로 들어갔다.

"허허허. 우리는 나쁜 사람이 아닙니다. 그저 예전에 운정이란 도명을 쓰던 도사님을 찾고 있습니다만⋯⋯."

이제는 운정이 아니라 새로운 이름을 갖게 된 정진.

정진이 소저 쪽을 쳐다보고 말했다.

"아무리 생각해도 두 분 같은 사람들은 기억에 없습니다. 아니, 잠깐. 댁은 어디서 본 듯도 하고⋯⋯ 아닌가⋯⋯."

당유정과 당경의 얼굴이 밝아졌다.

'운정 도사, 본인이다!'

정진이 먼저 물었다.

"청성의 도사는 어떻게 됐습니까?"

"아, 그게 말입니다."

"내게 위험을 경고한 제 사제 말입니다. 당신들이 해쳤습니까?"

당유정이 고갯짓을 했다.

"허허허. 오해가 있는 모양이군요. 저희는 그런 일을 하지 않았습니다. 우리는 그저 운정 도사님께 한 가지 여쭈려 찾아온 것뿐입니다."

"뭡니까?"

"그⋯⋯ 독룡이 숨겨 둔 아이가 있다는 소문이 있던

데…… 혹시 아십니까?"

정진이 흠칫했다.

"독룡 도우의 자식이 당가에 둘 말고 또 있습니까?"

"네?"

정진의 반문에 당유정과 당경은 크게 당황했다.

당유정이 전음으로 당경을 탓했다.

「뭐야, 운정 도사님 정말 모르시는 얼굴이잖아!」

「내가 언제 안다고 했어? 그냥 아빠와 가까운 사람이니 알 줄 알았지.」

첫술에 배부를 리 없다지만 아예 모를 줄은 몰랐다.

당유정은 부글부글 끓었다.

'아 씨, 괜히 고생만 했네.'

당경이 기가 죽어 있다가 말했다.

"잘 생각해 보세요. 독룡과 제일 친했던 분이라면서 그걸 모릅니까?"

정진은 찜찜한 표정을 지었다. 과거를 떠올리는 듯했다.

"독룡 도우를 죽이려고 했던 여인이 또 있었나……."

"네?"

"이상하게도 독룡 도우를 죽이려는 여인은 모두 독룡 도우를 마음에 두게 되더군요."

당유정과 당경은 속으로 동시에 생각했다.

'엄마?'

말을 하던 정진이 생각에 잠긴 둘을 보다가 눈을 찌푸리며 다시 물었다.

"그런데 뉘십니까?"

"아아, 우리는 그냥 길을 가던……."

정진이 다그쳤다.

"뉘시냐니까?"

당유정과 당경이 당황해서 대답했다.

"내 딸이오."

"우리 시아버님이십니다."

"……?"

당유정이 얼버무리며 대답했다.

"허허허, 사실 딸 같은 며느리입니다."

정진은 대답 없이 옆의 나무에서 나뭇가지를 뚝 꺾었다. 그러곤 나뭇가지를 앞으로 했다. 정진의 자세에서 묵직한 기세가 뿜어져 나왔다.

당유정이 급히 말했다.

"어차피 모르신다고 하면 우리는 서로 싸울 이유가 없습니다."

"아니, 있지. 있어요."

정진이 말했다.

"두 분이 누군진 몰라도 왜 나를 찾아왔는지는 알겠습니다. 요즘 아귀왕의 후계라는 자들이 날뛴다더니. 왜 나를 찾아다녔는지 알겠군요. 당신들은 이 산에서 곱게 못 나갑니다."

"아니, 그게 아니구요…….."

당유정과 당경은 당황했다. 쉽게 대답을 들을 수 있을 거란 생각은 하지 않았지만 아귀왕의 후계자로 오해를 받을 줄은 몰랐다!

아니지?

정체를 들키느니 차라리 오해받는 쪽이 나은 건가?

"알겠소. 하는 수 없지. 귀하께서 이기면 우리는 조용히 물러가겠소."

그렇게 말한 당유정이 당경에게는 전음으로 다르게 말했다.

「적당히 하다가 빠지자.」

하지만 이기면 물러간다는 말을 듣는 입장에서는 마치 일이 잘못되면 조용히 물러가지 않고 소소에게 해코지를 하겠다는 것처럼 들렸다. 정진의 표정이 굳었다.

"조용히 물러가지 않으면 어쩔 겁니까?"

"응? 오해가 있는 모양인데 귀하가 이기면 조용히 물러가겠다는 뜻이오만?"

"그러니까 조용히 물러가지 않으면 어쩔 건데?"

"아니, 그냥 귀하가 이기면 조용히……."

당유정은 이러다간 끝도 없을 것 같아 당경의 등을 떠밀었다.

"에잇! 가거라, 며느리여! 우리 집안의 실력을 보여 주거라!"

"네, 아버님!"

당경이 떠밀려 앞으로 나갔다. 그래도 조금 들떴는지 표정은 밝기만 했다.

운정은 진자강과 함께 강호를 종횡했던 영웅들 중 한 명이다. 진자강의 길을 그대로 가고 싶어 하는 당경에게는 그런 이와 겨루어 본다는 것도 영광스러운 일이 아닐 수 없었다. 심지어 진자강도 처음엔 운정의 음공에 굉장히 곤욕을 치렀다고 했으니 말이다.

당경이 내공을 끌어 올리며 무의식적으로 맨손 기수식을 펼치려다가 당유정의 호통에 멈췄다.

"애! 정신 차려, 며느리야!"

당경의 무공 근본은 당가의 것이다. 그대로 기수식을 펼치면 그들이 당가의 사람이라는 걸 그대로 드러내 보이게 되는 터였다. 별수 없이 어정쩡하게 정진에게 대항했다.

하나 정진은 봐주는 것 없이 들고 있던 나뭇가지로 칠십

이파검(七十二波劍)을 펼쳤다. 사부였던 복천 장문의 주특기이기도 한 검법이었다. 호흡이 끊이지 않고 봇물처럼 쏟아져 나왔다. 어정쩡한 수비로는 막을 수 없었다. 심지어 당경은 음공을 염두에 두고 있다가 갑자기 검초가 쏟아지자 대부분을 맞고 말았다.

퍼퍼펑!

당경은 거의 일 장을 날아가 굴렀다.

당가에서는 독기를 제대로 조절하지 못했기에 당경과 비무해 줄 수 있는 이가 거의 없었다. 그마저도 당하란은 바빴고 진자강은 너무 강해서 도움이 안 되었다. 당유정은 싸우는 걸 별로 좋아하지 않는 데다 잦은 외부 임무로 많이 상대도 해 주지 못했다.

그래서 당경은 주로 진자강의 이야기에서 나온 상대들을 떠올리며 상상을 했다. 전음을 엿듣는 이상한 수법도 혼자 있는 시간에 익히게 된 것이었다.

한데 이제 실전에서 제대로 얻어맞고 나니 대응이고 뭐고 그동안 생각하고 있던 방법들이 싹 다 잊혔다.

"아이고……."

당경은 겨우겨우 기어서 일어났다. 팔다리가 다 부러질 듯 아팠다. 신음 소리가 절로 나왔다. 물론 남자 목소리로.

정진이 움찔 놀랐다.

"당신들 대체 정체가 뭐야!"

"시아비요."

"며느리요."

당경도 오기는 굉장했다. 치맛자락을 쭉 찢어 버리고 편하게 한 뒤 주먹을 꽉 쥐었다.

쾅! 땅을 박차며 전속력으로 정진에게 날아가 주먹을 뻗었다. 정진이 나뭇가지로 당경의 손목을 툭 건드리는가 싶더니, 팔을 빙글 돌렸다. 당경의 몸 전체가 다 돌아갔다. 하나 당경은 무려 공중에서 중심을 잡고 원하는 대로 자세를 바꾸었다.

쌍권이 거푸 정진의 머리로 떨어졌다. 정진은 나뭇가지로 막으면서 세 걸음을 물러났는데, 물러난 뒤에는 나뭇가지가 전부 터져서 한 뼘 길이로 줄어 있었다. 그리고 물러날 때 디딘 발자국마다 땅이 퍽퍽 패어 있었다. 당경의 권에 실린 힘을 해소하느라 생긴 현상이었다.

정진이 짧아진 나뭇가지를 손가락에 끼워 뚝 꺾었다.

날카로운 소리가 났다. 그냥 뚝 꺾이는 소리가 아니라 파절음의 음공이었다.

당경은 고막이 찢어지는 듯 아파서 눈을 감고 비명을 질렀다.

"악!"

머리가 띵해서 비틀거렸다. 정진은 달려들지 않고 기다렸다. 허점이 너무 많아서 오히려 허허실실로 공격을 하기가 꺼려졌다. 하지만 정말로 아파서 저러는 것임을 알고는 손가락을 모아 수공으로 공격해 왔다. 손끝으로 당경의 목줄기를 찔렀다. 당경이 어깨를 틀어서 정진의 손등을 쳐 냈다. 정진이 반대 손으로 다시 목줄기를 찔렀다. 당경은 뒷걸음질을 하여 연신 양어깨로 목을 노리는 손을 쳐 냈다.

정진이 뛰어올라 양발로 당경의 가슴을 찼다.

펑!

당경이 이번엔 삼사 장이나 떠서 날아가 수풀에 처박혔다.

정진은 당유정을 쳐다보았다. 당유정이 어색하게 웃었다.

"허허허."

그러면서 당경에게 전음을 보냈다.

「야야, 이제 됐으니까 빠져. 빠져.」

당경은 당유정의 전음을 무시했다. 벌떡 일어났다. 말이 투레질하는 것처럼 고개를 털었다.

"와……."

잠깐 손을 나누었는데 정신이 하나도 없었다.

그런데.

재미있었다. 즐거웠다. 싸움으로 피가 끓고 흥분되는 것이 기분 좋았다. 이런 것은 당가에서는 경험해 보지 못했던 일이다.

당경이 재차 정진과 맞부딪쳤다.

정진은 일찍이 숱한 고수들과 목숨을 걸고 싸운 경험이 많았다. 금세 당경이 내공은 막대하지만 경험이 부족한 초짜임을 알았다. 초식에 허초를 섞어 슬쩍 허점을 보이면 들어오다가 맞고 나가떨어졌다. 이상하다는 생각이 들지 않을 수 없었다.

아귀왕의 후계자라면 어느 정도 준비된 자들인 줄 알았다. 이런 생초짜들로 강호에 무슨 일을 벌인단 말인가?

'한 번에 제압해야겠다.'

문초를 하더라도 제압해 두고 하는 게 확실하다.

정진은 여지를 주지 않기 위해 순간적으로 공세를 크게 높였다. 당경이 정신없이 밀렸다. 정진의 주먹이 날아오는가 하여 위를 막으면 옆구리를 차였고, 옆구리를 막으면 발을 밟혔다. 순식간에 열 몇 대를 맞았다.

아무리 내공이 깊어도 계속 얻어맞다 보니 기혈이 흔들리며 움직임이 불편해졌다.

"윽."

당경의 입가에 피가 맺혔다. 힘으로는 지지 않을 것 같은데 자꾸 초식의 운영에서 밀리고 있었다.

순간 등줄기가 오싹해졌다. 정진의 주먹에 내공이 잔뜩 깃들어 있었다. 마지막 일격을 가하려 하는 것임을 알 수 있었다. 동시에 주먹이 섬전처럼 날아와 당경의 턱에 꽂혔다.

그러나 당경도 그 순간에 수천, 수만 번을 심상 속에서 연습했던 수법을 저도 모르게 썼다. 정진의 팔뚝을 양손으로 잡아 할퀴었다. 진자강의 수법이었던 포룡박!

정진의 팔뚝에 긴 상처가 났다. 주먹을 꽂아 넣자마자 바로 뺐기에 망정이지, 조금만 늦었어도 팔이 걸레처럼 찢길 뻔했다.

당경은 정신을 잃고 비틀거리며 고꾸라지려다가 고개를 번쩍 쳐들었다.

"후후후. 내가 쉽게 쓰러질 줄 알았습니까?"

정진이 질린 듯 길게 숨을 내쉬었다. 살짝 삼 푼의 힘이 부족했다고 바로 일어서는 걸 보니 진력이 났다.

당유정이 전음으로 협박했다.

「뒈질래? 빨리 자연스럽게 안 빠져?」

당경이 육성으로 말했다.

"아직 나한테도 비기가 남아 있거든?"

정진이 물었다.

"뭐라고 하셨습니까?"

"아닙니다. 이제 내 차례라구요."

당경의 눈이 빛났다. 정진은 그 눈빛이 묘하게 낯익다는 생각을 했다.

녹빛이 당경의 눈에 깃든 순간 당경의 머리 위로 그림자가 드리워졌다.

"야. 그거 하지 말랬지."

당유정이 깍지 낀 주먹을 뒤로 들고 당경을 내려다보고 있었다.

"안 할……!"

하지 말라고 외치기도 전에 당유정의 주먹이 떨어졌다.

쾅! 당경이 바로 자빠져서 팔다리를 부르르 떨었다.

"……."

정진이 어이가 없어 당유정을 쳐다보니 당유정이 멋쩍게 허허 웃었다.

"우리 며느리가…… 말을 좀 안 들어서…… 허허, 그럼 저희는 이만 가 보겠소이다."

무슨 며느리를 깍지 낀 주먹으로 무식하게 팬단 말인가!

하지만 정진이 몇 번이나 공격해도 먹히지 않았는데 노인은 한 방에 여장 남자를 기절시켰다. 감춘 실력이 보통이 아님을 직감했다. 그래도 이대로 놓아 줄 수는 없었다.

"가긴 어딜 갑니까."

정진이 인상을 쓰고 막으려 했다. 그때 안에서 나온 소소가 정진을 등 뒤에서 잡아 말렸다.

"여보. 들어가 있으라니까요. 여긴 위험해요!"

하지만 소소는 기절해서 해롱거리는 당경과 당경을 들쳐 업은 당유정을 빤히 보더니 고개를 가로저었다.

소소가 나뭇가지로 바닥에 글자를 썼다.

'독룡 아저씨의 숨겨진 자식에 대해 아는 대로 알려 줘요.'

"하지만…… 난 정말 몰라요. 그리고 사람이 의리가 있지요. 안다 해도 말을 해 줄 수가…….."

'어서요.'

글을 쓰고 있는 소소의 얼굴에 왠지 웃음기가 깃들어 있었다.

"여보?"

'아직도 저 애들이 누군지 모르겠어요?'

*   *   *

"아, 예. 잘 먹겠습니다."

당유정과 당경은 얼떨결에 정진의 집에서 저녁을 얻어먹게 되었다. 정진과 소소가 뭐라고 필담을 주고받더니 갑자기 둘에게 식사를 권유한 것이었다.

닭 두 마리가 통째로 삶아져 올라왔다.

뻘쯤…….

당유정과 당경은 머쓱하게 가만히 있었다. 정진과 소소는 아무것도 묻지 않았다. 그냥 둘을 가끔씩 보기만 할 뿐이었다. 당경도 가끔 뒤통수를 만지면서 당유정을 쳐다보았다. 물론 정진과 소소의 왠지 포근한 듯한 눈빛과는 많이 다른 감정이 담겨 있었다.

"저……."

당유정이 입을 열었다.

"저녁 초대는 고맙습니다만, 갑자기 왜 이러시는지요?"

"독룡 도우에 대해 듣고 싶다고 했잖습니까? 싫으면 말고요."

"아닙니다. 알려 주십시오. 아까는 모른다고 하시기에요."

"사실은 얘기해 줄 게 딱히 있는 것도 아닙니다만, 조금 짚이는 게 있어서 그거라도 얘기해 주려고 합니다."

당경이 물었다.

"설마 아까 말씀하신 그건가요? 독룡을 죽이려고만 하면

사랑에 빠진다는 그……."

이미 남자인 게 들킨 마당에 애써 여자 목소리를 내는 것
도 이상했지만, 그렇다고 대놓고 남자 목소리를 낼 순 없어
서 당경은 아직도 여자 목소리를 흉내 내고 있었다.

듣는 사람은 물론이고 본인도 굉장히 어색해했지만 할
수 없었다.

"맞습니다. 그랬어요. 정말 희한한 일이었는데, 그중에
서 제일 독한 건 어, 음…… 지금 부인이 되신……."

당유정과 당경은 동시에 당하란을 떠올렸다.

'엄마?'

소소가 정진의 옆구리를 찔렀다. 정진이 당유정과 당경
에게 권유했다.

"아, 차린 건 없지만 우선 좀 들면서 얘기를 하시지요."

"예예."

어차피 독이 있다고 해도 상관하지 않을 테지만 당유정
과 당경은 기분이 이상해서 눈치를 보며 닭을 뜯었다.

"그러니까 이걸 어디서부터 얘기해야 하나……."

정진이 조금 고민하며 말했다. 둘이 진자강의 아들딸이
라는 걸 눈치채고 있어서 너무 자세하게 말하기도 그렇고,
그렇다고 대충 말할 수도 없었다.

"당시에 독룡 도우를 좋아하는 여인이 몇 있었어요. 아,

이건 내가 안 건 아니고 나중에 아내가 얘기해 준 건데."

소소가 얼굴을 붉히며 끄덕였다.

"지금은 종가가 멸문해서 찾아보기 어려운 안씨 의가의 안령이라는 소저가 있었고요. 남해검문의 제자로 빙봉 손비 소저가 있었습니다. 두 분 다 삼룡사봉에 속할 정도로 미모와 능력이 출중했지요."

진자강의 과거 얘기가 나오자 당경의 눈빛이 반짝거렸다.

"삼룡사봉!"

당대 세가의 후기지수들 중 가장 뛰어난 이들과 싸워 이긴 건 당경이 가장 좋아하는 얘기 중의 하나였다. 그런데 그중에서 둘이나 진자강을 좋아했다니!

"남해검문도 당시에 독룡에게 반대하는 입장에 서 있었기 때문에 지금은 거의 망하다시피 했지요. 만약 독룡 도우에게 또 다른 아이가 있다면 아마 그 둘 중의 한 명이긴 할 건데요."

정진이 옛날을 생각하며 말했다.

"사실 안령 소저는 독룡 도우가 싫어하는 편이었고, 손비 소저는 외모가 매우 뛰어났으나 역시 독룡 도우는 관심을 두지 않았지요. 그래서 확답을 못 하겠습니다."

"아아, 그렇군요."

당경은 대답과 다르게 속으로는 역시 여자에게도 흔들리지 않는다며 감탄하고 있었다.

그때 소소가 정진에게 손짓으로 표현했다.

"맞다. 그래요. 또 한 명…… 아마도 그럴 만한 분이 있다면 그분일 겁니다. 독룡이 경공을 못 할 때에 굉장히 오랫동안 업고 다니며 보살폈던 분이죠. 맞네. 생각해 보니 그분도 독룡 도우를 죽이려고 했었죠, 아마."

"그런 사람이 또 있었어요?"

"네. 나살돈의 유력 후기지수였는데 영귀라고……."

당유정과 당경이 동시에 소리쳤다.

"영귀 이……!"

둘 다 놀라서 입을 막았는데, 풉! 하고 웃음이 나왔다.

'영귀 이모까지?'

당유정이 당경에게 전음을 날렸다.

「적어도 한 명은 용의선상에서 제외할 수 있게 됐네.」

「무슨 소리야. 촛불 밑이 가장 어둡다고, 아닐 수도 있지.」

「어? 그, 그런가? 그럼 때마다 영귀 이모가 찾아오는 것도 설마 아빠와 함께 애를 보러 가는 거였나?」

당유정은 더 헷갈리기 시작했다.

하지만 당경은 아니었다. 당경은 아빠의 다른 모습을 알고 있는 또 다른 사람을 만난 것이라 마냥 흥분해 있었다.

다행히도 정진은 진자강의 과거에 대해 얘기하길 꺼리지 않았다. 당경은 흥미진진하게 얘기를 듣느라 시간 가는 줄 몰랐다. 당가에서 듣지 못했던 얘기들도 잔뜩 들었다. 다소 어색했던 분위기도 흥겹게 흘러갔다.

시간이 한밤중이 되어 갔다.

당유정과 당경은 자고 가라는 말도 극구 사양하고 집을 나왔다. 차라리 밖에서 노숙을 하지 아무리 그래도 자고 가는 것까진 아닌 듯했다.

게다가 소소는 당경에게 자신이 입던 옷을 굳이 입혀 보냈다. 나름 소소가 가장 아끼던 옷이었지만 당경이 입고 나니 시골 아낙의 모습이 되고 말았다.

둘은 노숙을 하며 별을 보았다.

"이상하지? 되게 오래 알고 지낸 사람 집에서 밥 먹고 나온 기분이야."

"나도 그래. 아빠랑 사지를 함께 헤쳐 나온 동료라서 그런가."

"나중에 이번 일 다 끝나고 나면 정식으로 와서 인사드리고 싶어."

"응, 나도. 속이고 나니까 굉장히 찜찜해. 좋은 분들 같은데."

당유정과 당경은 또다시 내일은 어떤 사람을 만나게 될지 기대를 품은 눈으로 하늘을 계속 올려다보았다.

둘은 이제 날이 밝으면 남해검문을 찾아갈 생각이었다.

*   *   *

정진과 소소는 당유정과 당경을 배웅하고도 한참이나 깜깜한 마당에서 서 있었다. 소소가 정진의 팔을 잡아 자신의 어깨에 둘렀다.

정진의 얼굴이 붉어졌다.

"헤헤. 독룡 도우의 아이들이라니. 어쩐지 여자아이 쪽, 그러니까 여장한 당경이의 얼굴이 낯익다 했어요."

소소가 끄덕였다.

"독룡 도우는 굉장하네요. 아이들도 참 잘 자랐고. 무공도 굉장히 센 것 같더라고요. 나도 굉장히 세졌다고 생각했는데."

소소가 웃었다. 정진이 입을 삐죽였다.

"농담 아니에요. 스승님이 내가 나가는 걸 오랫동안 허락해 주지 않은 이유가 있었습니다. 청성의 무공을 쓰니 마니 하는 건 신경도 쓰지 않으셨어요. 다만 제 한 몸 지킬 정도의 무공은 지니고 있어야 하산을 허락해 준다고 하셨지요. 그래서 당신을 만날 때까지 이렇게 오래 걸린 거예요."

소소가 고개를 저었다. 그러곤 손짓으로 말했다.

'내가 당신 사부님께 가서 내놓으라고 했어요.'

"네에?"

'이러다 늙어 죽겠다고 했거든요. 얼른 당신을 내놓으라고 막 울었어요.'

"아아, 그, 그랬던 거예요? 난 또……. 어쩐지 수련 중인데 갑자기 나가라고 떠밀려서 나가긴 했지만, 그게 당신 때문인 줄은 몰랐잖아요."

정진이 머리를 긁적였다. 소소가 정진의 가슴에 고개를 기대었다.

'그러나저러나 걱정되네요. 아귀왕의 후예라니……. 또 강호에 폭풍이 몰아치려나 봐요.'

"뭐, 독룡 도우가 알아서 잘하겠지요. 말은 이러니저러니 해도 당가도 있고요."

둘이 도란도란 대화를 주고받는데 멀리서 횃불을 든 청성파의 도사들이 날듯이 나무를 뛰어넘어 오는 게 보였다.

"적당히 둘러대야겠습니다. 아무래도 두 사람, 정체를 일부러 숨기고 있는 것 같았으니까요."

정진이 소소를 보며 마주 웃었다.

   ＊   ＊   ＊

 진자강은 시가지 외곽의 작은 장원을 찾았다.

 문지기 노인이 문을 열어 주었다.

 안쪽에서 시비와 함께 단아한 모습의 여인이 서 있었다. 몸이 좀 불편한 듯 가끔 기침을 했다.

 콜록. 콜록.

 여인은 마흔 정도 되어 보였는데 미색이 굉장히 고왔다. 지나가다가 힐끔 쳐다보면 눈이 고정될 정도의 미모를 가지고 있었다. 그러나 표정은 차갑기 그지없어서 싸늘하게 보였다.

 그 여인이 진자강을 보고 눈으로 웃었다. 다물린 입매는 차갑지만 눈빛은 뜨거웠다.

 "오랜만입니다, 손 소저."

 진자강의 정중한 인사에 손비가 고개를 살짝 숙여 답했다.

 그러더니 스스로 진자강에게 걸어가 손을 내밀었다. 진자강의 양손을 잡고 진자강을 올려다보았다. 진자강의 손에서 전해 오는 따스한 온기에 손비의 눈빛이 더욱 밝아지고 있었다.

 '올해도 찾아와 주어 고마워요.'

"아닙니다. 당연히 와야 하니까요."

진자강이 부드럽게 미소 지으며 한동안 손비와 눈을 마주쳤다.

한데 안쪽에서 퉁명스러운 목소리가 흘러나왔다.

"뭐야. 자기네만 사람이야? 나는 사람도 아냐? 술 준비해 놨으니까 어서 들어와."

진자강이 미소를 지으며 손비와 함께 안으로 들어섰다. 안령이 정말로 술상을 차려 놓고 기다리는 중이었다.

"내가 일어서서 마중해 주길 바란 건 아니지?"

"그럴 리 있겠습니까."

안령은 의자에 앉아 있는데 얇은 이불 같은 천으로 다리를 덮고 있었다.

"몸은 좀 괜찮습니까?"

진자강의 물음에 안령이 술병을 들어 대답했다.

"뭐, 좋아질 일은 없으니까. 여태 살아 있는 것만으로도 천지신명께 감사드리고 있어."

좋아 보이지는 않았다. 얼굴은 굉장히 야위었고 눈빛도 많이 탁했다.

진자강은 손비와 함께 술상에 앉았다. 시비들이 음식을 데워 오고 새로 만들어 와 상을 가득 채웠다.

세 사람이 함께 술잔을 비운 뒤, 안령이 말했다.

"안됐지만 오늘도 없어. 당신 온다는 소리를 듣자마자 뛰쳐나갔거든."

진자강이 술을 한 모금 마시고 얕은 한숨을 내쉬었다.

"다들 가출하는군요."

"응?"

"우리 집 애들도 가출했습니다."

안령과 손비가 웃었다.

"세상에서 가장 어려운 게 자식 농사라더니, 얄궂은 일이네. 천하의 독룡도 그것까진 어쩔 수 없지, 뭐. 내버려 둬. 헌이도 어디 가서 맞고 다닐 애는 아니니까."

손비가 안령의 손을 툭 쳐서 그만하라고 눈치를 주었다.

"뭐야아. 나 벌써 빠지라고? 너무 그러지 마. 나도 독룡이 아저씨하고는 오랜 친구라고. 겉으로는 이래 퉁명스러워도 사실 속으론 무지하게 반갑단 말야."

진자강이 웃었다.

"나도 반갑습니다. 하지만 이번에는 그냥 두고 갈 순 없을 것 같습니다."

안령이 말했다.

"아귀왕의 후예 때문에?"

손비의 얼굴이 살짝 어두워졌다. 손비와 안령도 알고 있었다.

손비가 손가락으로 상 위에 글씨를 썼다.

'당가로 가는 건 헌이 본인도 원치 않아요.'

진자강이 얕은 한숨을 내쉬었다. 씁쓸하게 웃었다.

"솔직히 말해서 전 강호와 싸울 때보다 훨씬 힘들군요."

안령이 크게 웃었다.

손비가 다시 안령에게 눈치를 주었다.

"알았어, 알았어. 하지만 내가 걔 같아도 도망갔을 거야. 어떻게 보면 당신은 그 애의 아버지이자 원수니까."

진자강은 남해검문의 최고수이자 손비의 스승인 검후를 죽였고, 남해검문이 몰락하게 만든 장본인이었다. 사문의 원수나 다름이 없었다. 거기다 손비에게는 평생 치유되지 않을 폐병까지 남겼다.

"물론 거기엔 내 잘못도 반쯤은 있지만."

안령이 고통스러운 표정으로 술잔을 들이켜자 손비가 안령의 손을 잡아 주었다.

"하…… 미안해. 내가 조금만 더 노력했어도. 괜히 되먹지 않은 정의니 도덕이니 하다가 술만 마시고 수련을 게을리한 게 그때만큼 후회가 된 적이 없었어."

손비가 고개를 젓고 글씨를 썼다.

'안령아, 너는 충분히 할 일을 해 줬어. 그 몸으로 헌이를 살려 준 것만도 고마워. 죄책감 갖지 마.'

콜록 콜록.

손비가 다시 기침을 했다.

"씨이."

안령이 눈물을 살짝 글썽였다.

진자강의 아이를 가진 손비는 중독되어 죽을 위기에 놓여 있었다. 그때 안령이 손비를 찾아왔다. 독기를 품은 아이의 출산을 도울 수 있는 건 의선의 제자인 안령밖에 없었다.

그러나 안령은 대불 범본과 싸우다가 전신의 뼈가 으스러지고 근육이 상해 제대로 운신도 하지 못하였다. 겨우겨우 출산을 마쳐 아이는 구했지만 안령은 독기에 다리를 잃었고 아이를 가질 수도 없는 몸이 되었다. 손비 역시 무사하지 못했다. 폐가 상해 기침을 지병으로 얻었다.

"그래도 내가 그때 죽지 않고 산 걸 후회하지 않는 게 언제인지 알아? 바로 지금이야. 두 사람이 함께 있는 모습을 볼 수 있는 거."

안령이 눈물을 닦곤 말했다.

"아마 내 평생에 지금보다 더 만족스러운 날은 오지 않겠지. 난 다시는 모험을 할 수 없는 몸이니까. 하지만 이걸로 충분해. 지금이 가장 행복하거든."

손비가 안령의 손을 꽉 잡았다. 안령이 웃으면서 손비를 바라보고 진자강을 돌아보았다.

"그러니 이젠 우리의 아이들을 위해서⋯⋯, 아이들이 자신들의 행복을 찾길 바라며."

안령이 술잔을 들었다.

"건배."

진자강과 손비도 술잔을 들었다.

"건배."

〈다음 권에 계속〉

전생자

『죽지 않는 무림지존』『천지를 먹다』『마검왕』
베스트셀러 작가 나민채의 신작!

[시간 역행을 하시겠습니까?]
[모든 능력이 리셋 됩니다.]
[날짜를 선택 하여 주십시오.]

" 1985년 2월 28일. 내가 태어났던 날로. "

dream
books
드림북스

환생왕

요도/김남재 신무협 장편소설

ORIENTAL FANTASY STORY & ADVENTURE

정체를 알 수 없는 세력들에 의해
비참한 최후를 맞이한
천룡성(天龍城)의 후계자 천무진.
그런 그에게 찾아온 또 한 번의 삶.
그리고 그를 돕기 위해 나타난 여인 백아린.

"이번엔…… 당하지 않는다."

이젠 되돌려 줄 차례다.
새로운 용이 강호를 뒤흔든다!

dream books
드림북스